A Vitória da Infância

Editor	Fernando Paixão
Editora assistente	Carmen Lucia Campos
Coordenadora de revisão	Ivany Picasso Batista
Revisora	Cátia de Almeida

ARTE

Capa	Victor Burton
Ilustração da capa	José Pancetti
Editoração eletrônica	Bira

CIP-BRASIL. CATALOGAÇÃO NA FONTE
SINDICATO NACIONAL DOS EDITORES DE LIVROS, RJ

S121v
7.ed.

Sabino, Fernando, 1923-2004
A vitória da infância : seleção / Fernando Sabino. - 7.ed.
- São Paulo : Ática, 2008.
168p. : - (Fernando Sabino)

Inclui apêndice e bibliografia
Contém suplemento de leitura
ISBN 978-85-08-10718-6

1. Relações humanas na infância - Literatura
infantojuvenil. I. Título.

06-3389. CDD: 028.5
CDU: 087.5

ISBN 978 85 08 10718-6 (aluno)
CL: 735800
CAE: 211708

2025
7ª edição
10ª impressão
Impressão e acabamento: Vox Gráfica / op 286283

Avenida das Nações Unidas, 7221 – Pinheiros – São Paulo – SP – CEP 05425-902
Atendimento ao cliente: (0xx11) 4003-3061
atendimento@aticascipione.com.br – www.coletivoleitor.com.br

A Vitória da Infância

Fernando Sabino

editora ática

"Quando eu era menino, os mais velhos
perguntavam:
— Que é que você quer ser quando crescer?
Hoje não perguntam mais.
Se perguntassem, eu diria que
quero ser menino."

FERNANDO SABINO

Í N D I C E

Apresentação

Sempre que me sento para escrever, sou um principiante. Vou escrever alguma coisa que não sei o que seja, justamente para ficar sabendo. E que só eu posso me dizer, mais ninguém.

Por isso às vezes passo horas, dias à procura da palavra adequada ou do encadeamento de uma frase. Não quero repetir coisas já ditas, inclusive por mim, o que infelizmente às vezes acontece. Para isso tenho de desaprender o que aprendi, me desvencilhar dos preconceitos, me livrar das hipocrisias, das ideias que me foram impostas, de tudo enfim que possa tolher a minha liberdade de expressão.

Essa preocupação é que me levou a fazer um dicionário brasileiro de lugares-comuns e ideias convencionais, em complemento ao de Flaubert, que traduzi e publiquei em 1954 com o título Lugares-

-comuns. *Tento a cada dia recuperar esse estado de pureza. Renascer a cada manhã. Não digo que consiga sempre, mas tento. Como se eu tivesse acabado de desembarcar neste mundo.*

No mundo da literatura, desembarquei desde que me entendo por gente. Ainda menino, descobri que tinha vocação para mentiroso. Contando para os amigos uma história lida ou um filme visto, começava a inventar, alterando o final, acrescentando personagens e episódios, enriquecendo o enredo. Em suma, ajudando o autor.

Ajudei, por exemplo, o Karl May do Winnetou, *o melhor livro de aventuras que jamais foi escrito — li pelo menos meia dúzia de vezes os três volumes, sou capaz de ler de novo. O Edgard Rice Burroughs do* Tarzan... *Desde criança eu já achava que a verdade está muito além da realidade. Para mim, nossos sentidos eram fracos e deficientes, de pouco alcance: a vista devia enxergar mil quilômetros e ver através das paredes, o ouvido devia ouvir além da barreira do som.*

Como acontece com o menino no espelho do romance que publiquei em 1982, e que reflete a experiência da minha infância. Adotei nele um critério inverso ao usual: em geral se escreve um romance com elementos da realidade como se fosse ficção. Fiz o contrário: usei a ficção como se fosse realidade; uti-

lizei todas as minhas fantasias infantis, como se tivesse vivido tudo aquilo realmente. É o meu nome, o nome dos meus irmãos, do meu pai, o endereço da casa onde nasci. Todo o enquadramento é pessoal, autobiográfico.

Conto como fiquei invisível quando era menino, como aprendi a voar, como conheci o Tarzã, como derrotei o valentão do colégio, como enfrentei uma onça, como fui campeão de futebol.

Um dia encontrei na rua uma senhora que me disse:

"Você andou exagerando um pouco..."

Inventei tudo isso para descobrir que, no fundo, sou ainda aquele menino.

(O Tabuleiro de Damas)

Dez minutos de idade

A enfermeira surgida de uma porta me impôs silêncio, com o dedo junto aos lábios e mandou-me entrar. Estava nascendo! Era um menino.

Nem bonito nem feio; tem boca, orelhas, sexo e nariz no seu devido lugar, cinco dedos em cada mão e em cada pé. Realizou a grande temeridade de nascer, e saiu-se bem da empreitada. Já enfrentou dez minutos de vida. Ainda traz consigo, nos olhinhos esgazeados, um resto de eternidade.

Portanto, alegremo-nos. A vida também não é bonita nem feia. Tem bocas que murmuram preces, orelhas sábias no escutar, sexos que se contentam, perfumes vários para o nariz, mãos que se apertam, dedos que acariciam, múltiplos caminhos para os pés. É verdade que algumas palavras, melhor fora nunca dizê-las, outras nunca escutá-las. Olhos há que se procuram ver o que não podem, alguns narizes se metem onde não devem. Há muito prazer insatisfeito, muito desejo vão. Mãos que se fecham. Pés que se atropelam. Mas o simples ato de nascer já pressupõe tudo isso, o primeiro ar que se respira já contém as impurezas do mundo. O primeiro vagido é um desafio. A vida aceitou um novo corpo e o batismo vai traçar-lhe um destino. A luta se inicia: mais um que será salvo. Portanto, alegremo-nos.

Menino sem nome ainda, não te prometo nada. Não sei se terás infância, quintal, monte de areia, fruta verde, casca de árvore, passarinho, porão de fantasmas, formigas em fila, beira de rio, galinha no choco, caco de vidro, pé machucado. O mundo de hoje, tal como o estou vendo da janela do meu apartamento, desconfio que te reserva para a infância um miraculoso aparelho eletrocosmogônico de brincar. Ou apenas uma eterna garrafa de coca-cola e um delicioso chica-bom.

Aceita, menino, esses inofensivos divertimentos. Leva-os a sério, com toda aquela seriedade grave da infância, chupa o chica-bom, bebe a coca-cola, desmonta e torna a montar a miraculosa máquina de brincar de nosso século, que a imaginação de teu pai jamais poderia conceber. Impõe a essas coisas e a essa vida que te oferecerão como infância a sofreguidão de tua boca, a ousadia de teus olhos e a força de tuas mãos. Imprime a tudo que tocares a alegria que me deste por nasceres. Qualquer que seja a tua infância, conquista-a, que te abençoo. Dela te nascerá uma convicção. Conquista-a também — e vai viver, em meu nome. Nada te posso dar senão um nome.

Nada te posso dar. No teu primeiro instante de vida minha estrela não se apagou. Partiu-se em duas e lá no alto uma delas te espera, será tua. Nada te posso dar senão um nome e esta estrela. Se acreditares em estrela, vai buscá-la.

(A Mulher do Vizinho)

Reunião de mães

Na reunião de pais só havia mães. Eu me sentiria constrangido em meio a tanta mulher, por mais simpáticas me parecessem, e acabaria nem entrando — se não pudesse logo distinguir, espalhadas no auditório, duas ou três presenças masculinas que partilhariam de meu ressabiado zelo paterno.

Sentei-me numa das últimas filas, para não causar espécie à seleta assembleia de progenitoras. Uma delas fazia tricô, e várias conversavam, já confraternizadas de outras reuniões. O Padre-Diretor tomou assento à mesa, cercado de professoras, e deu início à sessão.

Eu viera buscar Pedro Domingos para levá-lo ao médico, mas desta vez cabia-me também participar antes da reunião. Afinal de contas andava mesmo precisando de verificar pessoalmente a quantas o menino andava.

O Padre-Diretor fazia considerações gerais sobre o uniforme de gala a ser adotado. A gravatinha é azul? — perguntou uma das mães. Meia três-quartos? — perguntou outra. E o emblema no bolsinho? — perguntou uma terceira. Outra ainda, à minha frente, quis saber se tinha pesponto — mas sua pergunta não chegou a ser ouvida.

Invejei-lhes a desenvoltura. Tive vontade de perguntar também alguma coisa, para tornar mais efetivo meu interesse de pai — mas temi aquelas mães todas voltando a cabeça, curiosas e surpreendidas, ante uma destoante voz de homem, meio gaguejante talvez de insegurança. Poderia também não ser ouvido — e se isso me acontecesse eu sumiria na cadeira. Além do mais, não me ocorria nada de mais prático para perguntar senão o que vinha a ser pesponto.

Acabei concluindo que tanta perguntação quebrava um pouco a solene compostura que devíamos manter, como responsáveis pelo destino de nossos filhos. E dispensei-me de intervir, passando a ouvir a explanação do Padre-Diretor:

— Chegamos agora ao ponto que interessa: o quinto ano. Depois de cuidadosa seleção, foi dividido em três turmas — a turma 14, dos mais adiantados; a turma

13, dos regulares; e a turma 12, dos atrasados, relapsos, irrequietos, indisciplinados. Os da 13 já não são lá essas coisas, mas os da 12 posso assegurar que dificilmente irão para a frente, não querem nada com estudo.

Fiquei atento: em qual delas estaria o menino? Pensei que o Diretor ia ler a lista de cada turma — o meu certamente na 14. Não leu, talvez por consideração para com as mães que tinham filhos na 12. Várias, que já sabiam disso, puseram-se a falar ao mesmo tempo: não era culpa delas; levavam muito dever para casa, não se habituavam com o semi-internato. Uma — a do tricô, se não me engano — chegou mesmo a se queixar do ensino dirigido, que a seu ver não estava dando resultado. Outra disse que tinha três filhos, faziam provas no mesmo dia, como prepará-los de uma só vez? O Padre-Diretor sacudiu a cabeça, sorrindo com simpatia — não posso nem ao menos lastimar que a senhora tenha tanto filho. E voltou a falar nos relapsos, um caso muito sério. Não vai esse Padre dizer que meu filho está entre eles, pensei. Irrequieto, indisciplinado. Ah, mas ele havia de ver comigo: entre os piores!

E por que não? Quietinho, muito bem-mandado, filhinho do papai, maria vai com as outras ele não era mesmo não. Desafiei o auditório, acendendo um cigarro; ninguém tinha nada com isso. Criança ainda, na idade mesmo de brincar e não levar as coisas tão a sério. O curioso é que não me parecesse assim tão vadio — jogava futebol na rua, assistia à televisão, brincava de bandido, mas na hora de estudar o rapazinho estudava, então eu não via? Quem sabe se procurasse ajudá-lo, dar uma mãozinha... Mas essas coisas que ele andava estudando eu já não sabia de cor, tinha de aprender tudo isso de novo. Outro dia, por exemplo, me embatucou perguntando se eu não sabia como se chamam os que nascem na Nova Guiné. Ninguém sabe isso, meu filho, respondi gravemente. Ah, não sabe? Pois ele sabia: guinéu! Não acreditei, fui olhar no dicionário para ver se era mesmo. Era. Talvez estivesse na turma 13, bem que sabia lá uma coisa ou outra, o danadinho.

Agora o Diretor falava na comida que serviam ao almoço. Da melhor qualidade, mas havia um problema — os meninos se recusavam a comer verdura, ele fazia questão que comessem, para manter dieta adequada. No entanto, algumas mães não colaboravam. Mandavam bilhetinhos pedindo que não dessem verdura aos filhos.

Eis algo que eu jamais soube explicar: por que menino não gosta de verdura? Quando menino eu também não gostava. (E até hoje não gosto.)

— Pedem às mães que mandem bilhetinhos, e não é só isso: usam qualquer recurso para não comer verdura. Hoje mesmo apareceu um com um bilhete da mãe dizendo: não obrigar meu filho a comer verdura. Só que estava escrito com a letra do próprio menino.

Chegada era a hora de levá-lo ao médico — uma professora amiga foi buscá-lo para mim.

— Meu filho — perguntei, ansioso, assim que saímos: — Em que turma você está? Na 12 ou na 13?

— Na 14 — ele respondeu, distraído. Respirei com alívio: e nem podia ser de outra maneira, não era isso mesmo?

— Fico satisfeito de saber — comentei apenas.

Ele não perdeu tempo:

— Então eu queria te pedir um favor — aproveitou-se logo: — Que você mandasse ao Padre-Diretor um bilhete dizendo que eu não posso comer verdura.

(O Homem Nu)

Primeira comunhão

Ele estava nervoso, muito empertigado no seu terninho branco:

— Se colar no céu da boca o que é que eu faço?

— Tira com a língua — recomendei.

— Com o dedo não pode não?

— Não pode não.

Ao entrarmos no pátio da igreja, esqueceu suas preocupações e saiu correndo para juntar-se aos outros. Sob o olhar embevecido dos pais a meninada se estranhava: tolhida pelo cuidado com a roupa toda branca e muito armada, e a fita no braço, e a expectativa da cerimônia, não se expandia livremente como no recreio do colégio. Ainda assim trançavam aqui e ali entre os adultos, brincando e rindo, criticando-se mutuamente:

— Você veio de luva? A professora disse que não precisava.

— Ué, você está de calça comprida!

— O padre disse que podia.

— Meu laço é mais bonito que o seu.

— O meu tem um desenhinho, olha aí.

Em pouco surgiu o vigário e os pôs em fila. Marcharam para o interior da igreja. Solenizados e hirtos, nós, os cavalões, também elegantemente ajaezados, nos postamos ao redor, prestando atenção na missa, como se nada estivesse acontecendo. Mas andava no ar o inquietante silêncio de algo precioso que estava para nos acontecer e que poderia escapar-nos, como uma palavra apenas sussurrada e de novo perdida. E a todo instante olhávamos disfarçados os nossos filhos, com a benevolente compreensão de quem lembra já ter vivido momento semelhante e teme não merecer sua renovação ao menos na lembrança. Eu, evidentemente, só tinha olhos para um menino no segundo banco, repetindo com os outros o ritual que o padre lhe ensinara, preparado para a sua primeira grande aventura.

De súbito um imprevisto ameaçou perturbar a cerimônia: uma voz de homem, alta e mal articulada, irrompeu lá detrás e o bêbado veio avançando, vacilante, até se deixar cair sentado no banco a meu lado. Era um preto de camiseta de meia, sem mangas, provavelmente operário de alguma construção vizinha, e àquela hora da manhã já (ou ainda) estava no maior pileque deste mundo. Resmungou qualquer coisa e correu os olhos baços ao redor, sem ver nada. Várias cabeças se voltavam, apreensivas, como a pedir que eu fizesse alguma coisa — e eu não sabia o que diabo se deve fazer numa circunstância dessas.

— Psiu, companheiro, fique quietinho aí — sussurrei-lhe, temendo que ele reagisse, para agravar a situação. Limitou-se, porém, a olhar-me com desprezo e engrolar duas ou três palavras desastrosamente gritadas. Depois se pôs a falar em voz alta:

— Sou católico-apostólico-romano. Sou muito amigo de Nosso Senhor Jesus Cristo.

O vigário deixou os meninos e veio de lá passar-lhe um pito, mas de nada adiantou: em pouco ele recomeçava a falar. Até o celebrante, em meio à Missa, parecia perceber que algo de anormal acontecia.

— Vamos até ali fora — saltou de repente uma voz, e o preto foi empolgado pelo braço, carregado para fora como uma criança. Olhei com admiração o autor da façanha, que já voltava, livre do importuno: era um dos pais, o mais corpulento, cuja autoridade se fizera exercer de maneira tão categórica, que até a mim intimidou, como se eu fosse também responsável pela perturbação da ordem. E a ordem voltou a reinar dentro do templo.

— Eu não sabia que na igreja também tinha leão de chácara — gracejou ainda uma senhora a meu lado.

O incidente me distraiu, fiquei pensando no preto atirado na rua. Ele estava inconveniente, não tinha dúvida, mas podia ser que fosse mesmo amigo de Nosso Senhor Jesus Cristo, e neste caso foi bom que eu não me tivesse metido.

Chegou enfim o momento. Um a um os meninos, cuidadosamente ensaiados, deixaram seus lugares e depois foram voltando sérios e contritos. Por um instante me deixo levar pela emoção, o coração se enternece, e a lembrança procura recolher, sôfrega, o que possa guardar desse dia e que durante algum tempo me sustente em esperança de renovar-me. Há por que esperar: aquele menino ali no segundo banco, olhos baixos e de mãos postas, deve ter no momento mais prestígio que ninguém lá em cima e talvez se lembre de rezar pelo pai, que anda precisando muito.

Depois houve um lanche no pátio, com café e farta distribuição de sanduíches.

(O Homem Nu)

A VITÓRIA DA INFÂNCIA

Naquela manhã íamos para a cidade preocupados, cheios de compromissos e, ao contrário do que sempre acontece, não pretendíamos perder tempo pelo caminho. Meu amigo Otto tinha de passar na Faculdade de Filosofia para transmitir um recado e, como eu dispusesse de meia hora, resolvi acompanhá-lo.

Realizava-se no momento uma conferência, e a pessoa que ele procurava estava lá dentro, sentada ao lado do conferencista. Sugeri-lhe que se aproveitasse do pasmo das alunas ao ouvir o homem exclamar, dedo em riste: "São Tomás de Aquino chegou a ser excomungado!" e entrasse na sala para transmitir o seu recado. Acabei deixando-o indeciso junto à porta e fui para o pátio.

Dois meninos, sujos e descalços, jogavam bolinha de gude: um mais alto, com um sorriso a que faltavam dois dentes, e outro pequenino e mirrado, cabeça raspada e olhos postos na bola, numa obstinação de quem há de ganhar ao menos uma partida. Otto, já livre de sua incumbência, se aproximou e ficamos a observar o jogo. Notamos desde logo a superioridade do jogador mais velho, de técnica apurada, maior precisão nos lances iniciais, grande senso de oportunidade nas cricadas e muita prudência no evitar as armadilhas do papão ao se aproximar da birosca. Em dado momento uma pergunta nossa sobre a variante técnica de palmo e meio em vez de um palmo, usada pelo menorzinho, atraiu para nós a atenção dos contendores.

— Dou de lambujem — explicou o mais velho. — Ele está perdendo e disse que eu levo vantagem porque a mão dele é miudinha. Então eu dou pra ele mão e meia, mas só no batizado. Nem assim ele ganha.

Botou a patinha na terra, marcou meticulosamente a distância e cricou o outro; depois mudou de ângulo por causa de um tufo de grama, papou a primeira birosca, tornou a cricar. Papou a segunda, de uma jogada direta foi espetacularmente à terceira e, já papão, deu com desprezo chance ao outro de se aproximar. O outro caiu na armadilha: em vez de tentar o batizado diretamente, quis tecar, e acabou morrendo uma vez, morrendo a segunda, para, vítima de cricada magistral, morrer definitivamente nas garras do adversário. Sem ser batizado.

— Querem uma dupla? — convidou-nos o vencedor, irônico, com ostensiva superioridade a tripudiar sobre a derrota do outro, que nos olhava aparvalhado. Aquilo feriu nossos brios. Aceitamos, mas sob condições: só seria permitido o galeio de recuo, quem morresse na birosca seria eliminado, não concedíamos mão e meia nem antes nem depois do batizado. Eles concordaram, depois de breve confabulação, e o maior falou para o menor:

— Dá as riscadinhas pra ele, Zé.

Zé meteu a mão no bolsinho da calça e tirou um punhado de bolas, de mistura com um canivetinho enferrujado, uma bala de chocolate já meio derretida e um toco de lápis vermelho. Separou cuidadosamente as riscadinhas e nos entregou.

Foi dada a saída e desde logo se evidenciou a superioridade deles, inclusive o pequenino, que tacitamente havíamos considerado já no papo, ao aceitar o desafio. Otto foi infeliz, na saída, por causa de uma pedrinha que desviou o curso da bola e quase morreu na segunda birosca, praticamente antes de começar. O que seria a suprema das vergonhas. Mas uma infelicidade de seu adversário, perdendo o batizado por estupidez que ele mesmo se encarregou de amaldiçoar com um palavrão, equilibrou o jogo, mandando-me para a birosca inesperadamente, em abençoada carambola.

Foi a vez do pequenino que, ainda pagão, deu de passagem uma fabulosa cricada no meu parceiro, atirando-lhe a bola à distância. E ainda foi à birosca. Soltei uma exclamação de entusiasmo, mas meu amigo protestou:

— Não vale! Ele ainda era pagão! Não vale tecar sem cair antes na birosca.

Ao que o menino mais velho redarguiu alegando, com perdão da palavra, que não valia cagar regra.

— Não fala bobagem não, menino. A regra é essa mesmo.

Descobrimos então, para nosso pasmo, que eles chamavam a birosca de "búlica", ou "búrica" — ou outro nome assim de nobre origem etimológica, influência talvez da proximidade da Faculdade de Filosofia. A palavra birosca lhes despertava mesmo sorrisos maliciosos, dando-nos a certeza de que se tratava de pornografia nova, escapada ao nosso vocabulário infantil. Havia ainda outras variantes na terminologia deles, que já não era a mesma de nosso tempo: assim, a "cricada" era para nós apenas a tecada final, que assegurava a vitória, e não todas elas, como eles vinham usando. (Entretanto, agora verifico no dicionário que nós é que usávamos o termo lídimo: "tecar" ele registra e "cricar" não registra.)

— Então começa de novo.

Recomeçou o jogo. Agora, depois do incidente, era a nossa honra que jogávamos. De repente vi meu amigo se transfigurar como se a própria infância nascesse dos olhos cansados, dando-lhes aquele brilho de que só são capazes as alegrias puras. E dando-lhe jogadas magistrais. Em pouco tempo um dos adversários (o pequenino) liquidou-me, depois de armar-me cilada, o safadinho, fingindo errar a pontaria duas vezes, e morri pagão. Mas meu parceiro, papão de primeira, matou-o a mais de quatro metros, numa esplêndida jogada de galeio (com recuo). Não podia conter seu entusiasmo:

— Sabe? Eu ainda sou dos bons!

Por pouco não põe tudo a perder, numa jogada imprudente que o deixou perto do outro. Agora se perseguiam ao longo do jardim e o outro, já nervoso, errou e tornou a errar. Então Otto liquidou-o sem dó nem piedade numa cricada definitiva, que significava mais uma bola conquistada para a coleção. Ergueu-se e se tornando adulto com um pigarro, sacudiu a poeira das mãos. Os meninos o olhavam, admirados; devolveu-lhes as bolas, num belo gesto de desprendimento, não queria ficar com elas. E puxou-me pelo braço, modestamente:

— Vamos, não é? Está ficando um pouco tarde.

Perdêramos naquilo toda a manhã e os compromissos atrasados se acumulavam. Fiz-lhe ver minha apreensão, enquanto saíamos apressadamente, mas ele me assegurou que não tinha importância, o dia estava ganho, nossa vitória tinha sido insofismável.

(O Homem Nu)

MENINO DE RUA

Eram dez e meia da noite e eu ia saindo de casa quando o menino me abordou. Por um instante pensei que pedia dinheiro. Cheguei a lhe estender uma nota de dez cruzeiros, ele pareceu surpreendido mas aceitou. Usava uma camisa velha e esburacada do Botafogo, o calção deixava à mostra as perninhas finas que mal se sustinham nos pés descalços. Era moreno, com aquela tonalidade encardida que a pobreza tem. Segurava uma pequena caixa de papelão já meio desmantelada.

— Que é mesmo que você pediu? Não foi dinheiro?

— Uma coberta.

— Uma coberta? Para quê?

— Pra eu dormir.

Realmente estava frio, mas onde ele queria que eu arranjasse uma coberta? O jeito era voltar em casa, descobrir uma coberta velha, trazer para ele. Foi o que fiz: apanhei uma colcha já usada mas ainda de serventia e lhe trouxe. Ele aceitou com naturalidade, sem me olhar nos olhos. Não parecia ter mais de nove anos, mas me disse que já tinha treze.

— Onde é que você dorme?

— Num lugar ali — e fez um gesto vago para os lados da praça General Osório.

— Dorme sempre na rua? Não tem casa?

— Tenho.

— Onde?

— Em Austin.

— Onde fica isso? É longe daqui?

— Não é não. Fica no Estado do Rio.

— Por que você não vai pra casa?

Ele mordeu o lábio inferior, calado um instante, mas acabou respondendo:

— Mamãe me expulsou.

— Por quê? Alguma você andou fazendo.

— Não fiz nada não — reagiu ele, de súbito veemente: — Minha irmã é nervosa, quebrou o vidro da televisão e disse que fui eu. Então minha mãe me expulsou.

— Quando foi isso?

— Tem quase três anos.

— Três anos? E você nunca mais voltou?

— Voltei não.

— Como é que você viveu esse tempo todo? Que é que você come?

— Peço resto de comida.

— Pra que serve esse papelão?

— Pra cobrir o chão de dormir.

— Você tem algum amigo?

— Não gosto de amigo não, que amigo faz trapalhada e a gente é que acaba preso.

O nome dele era Carlos Henrique.

— Volta pra casa, Carlos Henrique.

E fiz uma pequena pregação: mãe é sempre mãe, ela devia estar sentindo falta dele. Melhor em casa que ficar por aí na rua, sem ter onde dormir. A mãe trabalhava em Nova Iguaçu, ele me havia dito, devia viver da mão pra boca, mas ainda era pra ele a melhor solução. Não tinha nem nunca teve pai.

— Você sabe ir até lá?

— Sei. Tomo o ônibus até a Central e lá pego o trem até Austin.

— Então vai mesmo, heim?

Ele prometeu ir assim que o dia clareasse. Para isso dei-lhe mais algum dinheiro e ele se afastou, com sua colcha e seus pedaços de papelão, esgueirando-se pelos cantos como um ratinho.

Não acredito que tenha ido. Certamente continuará rolando por aí mesmo, mais dia menos dia transformado em pivete, se exercitando na prática de pequenos furtos, em que, pelo jeito, ainda não se iniciou. E se por acaso voltarmos a nos encontrar daqui a uns poucos anos, não me resta nem a esperança de que me reconheça e não me mate — pois seguramente, e com justas razões, já estará transformado em assaltante.

(Aventura do Cotidiano)

O MELHOR AMIGO

A mãe estava na sala, costurando. O menino abriu a porta da rua, meio ressabiado, arriscou um passo para dentro e mediu cautelosamente a distância. Como a mãe não se voltasse para vê-lo, deu uma corridinha em direção de seu quarto.

— Meu filho? — gritou ela.

— O que é — respondeu, com ar mais natural que lhe foi possível.

— Que é que você está carregando aí?

Como podia ter visto alguma coisa, se nem levantara a cabeça? Sentindo-se perdido, tentou ainda ganhar tempo:

— Eu? Nada...

— Está sim. Você entrou carregando uma coisa.

Pronto: estava descoberto. Não adiantava negar — o jeito era procurar comovê-la. Veio caminhando desconsolado até a sala, mostrou à mãe o que estava carregando:

— Olha aí, mamãe: é um filhote...

Seus olhos súplices aguardavam a decisão.

— Um filhote? Onde é que você arranjou isso?

— Achei na rua. Tão bonitinho, não é, mamãe?

Sabia que não adiantava: ela já chamava o filhote de isso. Insistiu ainda:

— Deve estar com fome, olha só a carinha que ele faz.

— Trate de levar embora esse cachorro agora mesmo!

— Ah, mamãe... — já compondo uma cara de choro.

— Tem dez minutos para botar esse bicho na rua. Já disse que não quero animais aqui em casa. Tanta coisa para cuidar, Deus me livre de ainda inventar uma amolação dessas.

O menino tentou enxugar uma lágrima, não havia lágrima. Voltou para o quarto, emburrado: a gente também não tem nenhum direito nesta casa — pensava. Um dia ainda faço um estrago louco. Meu único amigo, enxotado desta maneira!

— Que diabo também, nesta casa tudo é proibido! — gritou, lá do quarto, e ficou esperando a reação da mãe.

— Dez minutos — repetiu ela, com firmeza.

— Todo mundo tem cachorro, só eu que não tenho.

— Você não é todo mundo.

— Também, de hoje em diante eu não estudo mais, não vou mais ao colégio, não faço mais nada.

— Veremos — limitou-se a mãe, de novo distraída com a sua costura.

— A senhora é ruim mesmo, não tem coração.

— Sua alma, sua palma.

Conhecia bem a mãe, sabia que não haveria apelo: tinha dez minutos para brincar com seu novo amigo, e depois... Ao fim de dez minutos, a voz da mãe, inexorável:

— Vamos, chega! Leva esse cachorro embora.

— Ah, mamãe, deixa! — choramingou ainda: — Meu melhor amigo, não tenho mais ninguém nesta vida.

— E eu? Que bobagem é essa, você não tem sua mãe?

— Mãe e cachorro não é a mesma coisa.

— Deixa de conversa: obedece sua mãe.

Ele saiu, e seus olhos prometiam vingança. A mãe chegou a se preocupar: meninos nessa idade, uma injustiça praticada e eles perdem a cabeça, um recalque, complexos, essa coisa toda...

Meia hora depois, o menino voltava da rua, radiante:

— Pronto, mamãe!

E lhe exibia uma nota de vinte e uma de dez: havia vendido o seu melhor amigo por trinta dinheiros.

— Eu devia ter pedido cinquenta, tenho certeza de que ele dava — murmurou, pensativo.

(A Mulher do Vizinho)

O revólver do Senador

O Senador ainda estava na cama, lendo calmamente os jornais, e eram dez horas da manhã. Súbito ouve a voz do netinho de quatro anos de idade por detrás da folha aberta, bem junto de sua cabeça:

— Vovô, eu vou te matar.

Abaixou o jornal e viu, aterrorizado, que o menino empunhava com as duas mãos o revólver apanhado na gaveta da cabeceira. Sempre tivera a arma ali ao seu alcance, para qualquer eventualidade, carregada e com uma bala na agulha. Nunca essa eventualidade se dera, na longa sequência de riscos e tropeços que a política lhe proporcionara. No entanto, ali estava, agora, apanhado de surpresa, sob a mira de um revólver. O menino começou a rir de sua cara de espanto:

— Eu vou te matar — repetiu, dedinho já no gatilho.

O menor gesto precipitado e a arma dispararia. Pensou em estender o braço e ao menos afastar o cano de sua testa, que já começava a porejar suor. Mas temeu o susto da criança, o dedo se contraindo no gatilho... Tentou falar e de seus lábios saíram apenas sons roufenhos e mal articulados.

— Não me mata não — gaguejou, afinal: — Você é tão bonzinho...

— Pum! Pum! — e o demônio do menino, sempre a rir, só fez dar um passo para trás, que o colocou fora de seu alcance. Agora estava perdido.

— Cuidado, que tem bala... — deixou escapar, e a voz de novo lhe faltou. Toda uma vida de lutas e conquistas que terminava ali, estupidamente, nas mãos de uma criança — de que adiantara? Tudo aflição de espírito e esforço vão. Se alguém entrasse no quarto de repente, a mãe, a avó do menino... Que é isso, menino! Você mata seu avô! Com o susto... Sentia o pijama já empapado de suor. Era preciso fazer alguma coisa, terminar logo com aquela agonia. Estendeu mansamente o braço trêmulo:

— Me dá isso aqui...

— Mãos ao alto! — berrou o menino, ameaçador, dando outro passo para trás, e as mãos pequeninas se firmaram ainda mais no cabo da arma. O Senador não teve outra coisa a fazer senão obedecer.

E assim se compôs o quadro grotesco: o velho com os braços erguidos, o guri a dominá-lo com o revólver.

De repente, porém, o telefone tocou.

— Atende aí — pediu o Senador, num sopro.

Estava salvo: o menino tomou do fone, descobrindo brinquedo novo, e abaixou o revólver. O Senador aproveitou a trégua para apoderar-se da arma. Então pôs-se a tremer, descontrolado, enquanto retirava as balas com os dedos aflitos. O menino começou a chorar:

— Me dá! Me dá!

A mulher do Senador vinha entrando:

— O que foi que você fez com ele? Está com uma cara esquisita... Que aconteceu?

— Acabo de nascer de novo — explicou simplesmente.

(A Mulher do Vizinho)

Fuga

Mal o pai colocou o papel na máquina, o menino começou a empurrar uma cadeira pela sala, fazendo um barulho infernal.

— Para com esse barulho, meu filho — falou, sem se voltar.

Com três anos já sabia reagir como homem ao impacto das grandes injustiças paternas: não estava fazendo barulho, estava só empurrando uma cadeira.

— Pois então para de empurrar a cadeira.

— Eu vou embora — foi a resposta.

Distraído, o pai não reparou que ele juntava ação às palavras, no ato de juntar do chão suas coisinhas, enrolando-as num pedaço de pano. Era a sua bagagem: um caminhão de plástico com apenas três rodas, um resto de biscoito, uma chave (onde diabo meteram a chave da despensa? — a mãe mais tarde irá dizer), metade de uma tesourinha enferrujada, sua única arma para a grande aventura, um botão amarrado num barbante.

A calma que baixou então na sala era vagamente inquietante. De repente, o pai olhou ao redor e não viu o menino. Deu com a porta da rua aberta, correu até o portão:

— Viu um menino saindo desta casa? — gritou para o operário que descansava diante da obra do outro lado da rua, sentado no meio-fio.

— Saiu agora mesmo com uma trouxinha — informou ele.

Correu até a esquina e teve tempo de vê-lo ao longe, caminhando cabisbaixo ao longo do muro. A trouxa, arrastada no chão, ia deixando pelo caminho alguns de seus pertences: o botão, o pedaço de biscoito e — saíra de casa prevenido — uma moeda de 1 cruzeiro. Chamou-o mas ele apertou o passinho, abriu a correr em direção à avenida, como disposto a atirar-se diante do ônibus que surgia a distância.

— Meu filho, cuidado!

O ônibus deu uma freada brusca, uma guinada para a esquerda, os pneus cantaram no asfalto. O menino, assustado, arrepiou carreira. O pai precipitou-se e o arrebanhou com o braço como a um animalzinho:

— Que susto você me passou, meu filho — e apertava-o contra o peito, comovido.

— Deixa eu descer, papai. Você está me machucando.

Irresoluto, o pai pensava agora se não seria o caso de lhe dar umas palmadas:

— Machucando, é? Fazer uma coisa dessas com seu pai.

— Me larga. Eu quero ir embora.

Trouxe-o para casa e o largou novamente na sala — tendo antes o cuidado de fechar a porta da rua e retirar a chave, como ele fizera com a da despensa.

— Fique aí quietinho, está ouvindo? Papai está trabalhando.

— Fico, mas vou empurrar esta cadeira.

E o barulho recomeçou.

(A Mulher do Vizinho)

Festa de aniversário

Leonora chegou-se para mim, a carinha mais limpa deste mundo:

— Engoli uma tampa de coca-cola.

Levantei as mãos para o céu: mais esta agora! Era uma festa de aniversário, o aniversário dela própria, que completava seis anos de idade. Convoquei imediatamente a família:

— Disse que engoliu uma tampa de coca-cola.

A mãe, os tios, os avós, todos a cercavam, nervosos e inquietos. Abre a boca, minha filha. Agora não adianta: já engoliu. Deve ter arranhado. Mas engoliu como? Quem é que engole uma tampa de cerveja? De cerveja, não: de coca-cola. Pode ter ficado na garganta — urgia que tomássemos uma providência, não ficássemos ali, feito idiotas. Peguei-a no colo: vem cá, minha filhinha, conta só para mim: você engoliu coisa nenhuma, não é isso mesmo? — Engoli sim, papai — ela afirmava com decisão. Consultei o tio, baixinho: o que é que você acha? Ele foi buscar uma tampa de garrafa, separou a cortiça do metal:

— O que é que você engoliu: isto... ou isto?

— Cuidado que ela engole outra — adverti.

— Isto — e ela apontou com firmeza a parte de metal.

Não tinha dúvida: Pronto-Socorro. Dispus-me a carregá-la, mas alguém sugeriu que era melhor que ela fosse andando: auxiliava a digestão.

No hospital, o médico limitou-se a apalpar-lhe a barriguinha, cético:

— Dói aqui, minha filha?

Quando falamos em radiografia, revelou-nos que o aparelho estava com defeito: só no Pronto-Socorro da cidade.

Batemos para o Pronto-Socorro da cidade. Outro médico nos atendeu com solicitude:

— Vamos já ver isto.

Tirada a chapa, ficamos aguardando ansiosos a revelação. Em pouco o médico regressava:

— Engoliu foi a garrafa.

— A garrafa? — exclamei. Mas era uma gracinha dele, cujo espírito passava muito ao largo da minha aflição: eu não estava para graças. Uma tampa de garrafa! Certamente precisaria operar — não haveria de sair por si mesma.

O médico pôs-se a rir de mim:

— Não engoliu coisa nenhuma. O senhor pode ir descansado.

— Engoli — afirmou a menininha.

Voltei-me para ela:

— Como é que você ainda insiste, minha filha?

— Que eu engoli, engoli.

— Pensa que engoliu — emendei.

— Isso acontece — sorriu o médico: — Até com gente grande. Aqui já teve um guarda que pensou ter engolido o apito.

— Pois eu engoli mesmo — comentou ela, intransigente.

— Você não pode ter engolido — arrematei, já impaciente: — Quer saber mais do que o médico?

— Quero. Eu engoli, e depois desengoli — esclareceu ela.

Nada mais havendo a fazer, engoli em seco, despedi-me do médico e bati em retirada com toda a comitiva.

(A Mulher do Vizinho)

Menino

Menino, vem pra dentro, olha o sereno! Vai lavar essa mão. Já escovou os dentes? Toma a bênção a seu pai. Já pra cama!

Onde é que aprendeu isso, menino? coisa mais feia. Toma modos. Hoje você fica sem sobremesa. Onde é que você estava? Agora chega, menino, tenha santa paciência.

De quem você gosta mais, do papai ou da mamãe? Isso, assim que eu gosto: menino educado, obediente. Está vendo? É só a gente falar. Desce daí, menino! Me prega cada susto... Para com isso! Joga isso fora. Uma boa surra dava jeito nisso. Que é que você andou arranjando? Quem te ensinou esses modos? Passe pra dentro. Isso não é gente para ficar andando com você.

Avise seu pai que o jantar está na mesa. Você prometeu, tem de cumprir. Que é que você vai ser quando crescer? Não, chega: você já repetiu duas vezes. Por que você está quieto aí? Alguma você está tramando... Não anda descalço, já disse! Vai calçar o sapato. Já tomou o remédio? Tem de comer tudo: você acaba virando um palito. Quantas vezes já te disse para não mexer aqui? Esse barulho, menino! Seu pai está dormindo. Para com essa correria dentro de casa, vai brincar lá fora. Você vai acabar caindo daí. Pede licença a seu pai primeiro. Isso é maneira de responder a sua irmã? Se não fizer, fica de castigo. Segura o garfo direito. Põe a camisa pra dentro da calça. Fica perguntando, tudo você quer saber! Isso é conversa de gente grande. Depois eu te dou. Depois eu deixo. Depois eu te levo. Depois eu conto. Depois.

Agora deixa seu pai descansar — ele está cansado, trabalhou o dia todo. Você precisa ser muito bonzinho com ele, meu filho. Ele gosta tanto de você. Tudo que ele faz é para o seu bem. Olha aí, vestiu essa roupa agorinha mesmo, já está toda suja. Fez seus deveres? Você vai chegar atrasado. Chora não, filhinho, mamãe está aqui com você. Nosso Senhor não vai deixar doer mais.

Quando você for grande, você também vai poder. Já disse que não, e não, e não! Ah, é assim? Pois você vai ver só quando seu pai chegar. Não fale de boca cheia. Junta a comida no meio do prato. Por causa disso é preciso gritar? Seja homem. Você ainda é muito pequeno para saber essas coisas. Mamãe tem muito orgulho de você. Cale essa boca! Você precisa cortar esse cabelo.

Sorvete não pode, você está resfriado. Não sei como você tem coragem de fazer assim com sua mãe. Se você comer agora, depois não janta. Assim você se machuca. Deixa de fita. Um menino desse tamanho, que é que os outros hão de dizer? Você queria que fizessem o mesmo com você? Continua assim que eu te dou umas palmadas. Pensa que a gente tem dinheiro para jogar fora? Toma juízo, menino.

Ganhou agora mesmo e já acabou de quebrar. Que é que você vai querer no dia de seus anos? Agora não, que eu tenho o que fazer. Não fica triste não, depois mamãe te dá outro. Você teve saudades de mim? Vou contar só mais uma, que está na hora de dormir. Agora dorme, filhinho. Dá um beijo aqui — Papai do Céu te abençoe. Este menino, meu Deus.

(A Mulher do Vizinho)

Nílson

Nílson tem onze anos de idade e é guardador de automóveis junto ao cinema. Estuda num colégio em Jacarepaguá: toma o ônibus 13 até a Cidade, depois um trem até Madureira, depois um lotação até Taquara, depois o pau dos pobres até o colégio. Pau dos pobres é um caminhão velho improvisado em lotação. Ao todo, quatro conduções. Mas gosta do colégio: tem comida e tem futebol. De estudo, gosta mais de Geografia e História.

— Então me diga quem foi que descobriu o Brasil.

— Pedro Álvares Cabral.

— Quem foi Pedro II?

— Foi filho de Pedro I.

Em História ele é bom. Passo à Geografia do Brasil:

— Qual é a capital de Minas Gerais?

— Goiás.

— Não, Goiás é Estado. Qual é a capital de Goiás?

— Brasília.

— João Pessoa é capital de que Estado?

— Estado Novo.

— Me diga o nome dos dois maiores rios do Brasil.

— Rio Grande do Norte e Rio Grande do Sul.

— Qual o time brasileiro que levantou o Campeonato do Mundo?

— Gilmar, Djalma Santos, Mauro, Zózimo e Nílton Santos; Zito e Didi; Garrincha, Vavá, Amarildo e Zagalo.

Fica a olhar-me com uma carinha vitoriosa, como a dizer: pergunta mais, que isso eu sei. Faço-lhe outras perguntas sobre futebol, que não é o meu forte, acabo aprendendo com ele. Torce também para o Botafogo. Mora numa casa de cômodos, com a mãe e a irmã. A irmã tem dezesseis anos, trabalha numa loja. A mãe é enfermeira num hospital. O pai é da Polícia e vive por aí, com outra mulher. De vez em quando ele aparece.

— Gosta de você?

— Não.

— Por quê?

— Vai chegando e dando bronca comigo.

Olhos tristes e conformados, de cachorro batido. Quando crescer, não será da Polícia: será mecânico. Não quer se casar nunca: vai ficar tomando conta da mamãe. Gosta de cinema, assistiu a uma fita chamada "Mulher de Preto". Fica na rua até uma da manhã, vigiando automóveis, dorme até as oito, é quem arruma a casa. Já leu um livro chamado "A Raposa e o Coelhinho", gostou muito. O Presidente da República não é o Jânio mais não, é o Juscelino. Tem saudade do tempo em que morava na Rua Real Grandeza, junto com o pai. Tem saudade do pai.

— Você ainda gosta dele, Nílson?

Apertou os lábios, virou a cara para o outro lado:

— Gosto — murmurou, afinal.

(A Mulher do Vizinho)

Matar ou morrer

O filho mais novo não tem seis anos ainda, mas quis sair no carnaval fantasiado de mocinho, no que foi prontamente atendido. Mal sabia o pai que o império da lei era a paixão dos fortes, e que os brutos também amam para matar ou morrer: chapéu de *cowboy* à cabeça, jaleco de couro, lenço ao pescoço e distintivo de xerife ao peito, com dois revólveres maiores do que ele às ilhargas, o vingador saiu batendo esporas pela rua no mais rigoroso estilo Gary Cooper, levado pela mão do pai. Andou pelo bairro, metido na multidão de foliões, mas sem ver nada nem achar graça em coisa nenhuma, porque sua missão era surpreender o bandido depois do assalto à diligência, para o duelo de titãs.

Foi na confeitaria que o bandido apareceu. O vingador sentara-se com o pai numa das mesas e em meio à confusão, de cordões, serpentinas e confetes, perninhas balançando no ar e distraído de sua missão, tomava uma coca-cola com canudinho. Cometera, porém, o imperdoável descuido de sentar-se de costas para a porta, sem ao menos um espelho do qual pudesse controlar o movimento, para ser o primeiro a sacar o revólver quando chegasse o instante fatal. Ao erguer os olhos, deu com o facínora diante de si, a cara oculta até os olhos por um lenço preto. Antes que pudesse esboçar qualquer gesto de defesa, o bandido apontou-lhe o revólver, pum! pum! deu dois tiros com a boca e se escafedeu.

Apanhado de surpresa, pulou da cadeira, deixando entornar a coca-cola, e tentou ainda sacar dos revólveres, que se haviam engastalhado no coldre. E os seus davam tiro mesmo, de espoleta, não eram como os do outro, sem munição. Mas agora o bandoleiro já havia fugido, provavelmente pulando em seu cavalo e deixando a cidade a galope numa nuvem de poeira. O pai, distraído a observar um bloco de fantasiados lá na rua, espantou-se com o movimento:

— Que foi, meu filho?

— O bandido — choramingou o menino: — Me pegou à traição... Isso não vale. Ele me matou, você não viu?

— Matou como? Você está vivo aí.

— Ora, papai — e o menino pôs-se francamente a chorar. O pai se compenetrou:

— Vi sim! Ele estava de preto, mascarado, te pegou à traição. Mas isso não fica assim. Você ainda pega ele.

— Ele me matou — e o menino foi para casa pela mão do pai, inconsolável.

No dia seguinte o pai deu sozinho uma volta pelo bairro até localizar o bandido: era um rapazinho de doze anos, todo animado, brincando no meio de uma roda. Chamou-o:

— Você ontem foi matar meu filho, não é?

O rapazinho arregalou os olhos:

— Matar seu filho?

— Ali na confeitaria: foi você mesmo, não adianta negar. Você estava com esse lenço preto aí no pescoço tapando a cara. Entrou lá e puxou o revólver, fez pum! pum! à traição, ele estava de costas, não te viu entrar.

— Não fiz por mal — balbuciou o rapazinho, já meio atemorizado: — Juro ao senhor, foi de brincadeira...

— É, mas para ele foi a sério. Agora você vai ter paciência, mas isso não fica assim não. Depois te pago um sorvete, tá?

E foi em casa buscar o filho. O cowboyzinho veio andando meio ressabiado, olhando para os lados, temeroso de uma cilada: não estou gostando nada deste silêncio, diria certamente, entrando com cautela na cidade deserta a caminho do *saloon*. Em verdade a rua ia animada e barulhenta, em plena celebração do carnaval. O garotinho se atropelava em meio à multidão de pernas, para acompanhar os passos determinados do pai. Instalaram-se afinal na confeitaria, como no dia anterior:

— Cuidado, que o bandido pode aparecer de uma hora para outra.

De súbito, o bandido pôs a cara mascarada na porta, começou a fazer gatimonhas, para atrair atenção.

— Olha ele ali, papai! — e o menino saltou da cadeira, sacando os dois revólveres ao mesmo tempo. O celerado procurou refugiar-se atrás das outras mesas, mas ele, implacável, fulminou-o com dois tiros, em certeira pontaria. O bandido só fez cambalear, dar alguns passos, vacilar sobre as pernas e finalmente tombar no chão, revirando os olhos.

— Bravos! — saudou o pai, abraçando o filho: — Estamos vingados. Vamos embora?

O menino, de novo vingador da sociedade, fez uma careta amarga, e olhou ao redor em desafio, enquanto repunha as armas no coldre. À saída, quis ainda chutar a cara do homem mau, morto a seus pés. O pai não deixou.

(A Companheira de Viagem)

Passeio

— Aonde vamos, papai?

Seguiam devagar, de mãos dadas, em direção ao túnel. Ele olhou em redor, desorientado.

— Dar um passeio... Vamos passar pelo túnel — resolveu. — A pé, você já passou pelo túnel a pé?

— Não — disse a menina, extasiada. Num passeio com o pai, tudo era motivo de prazer. — A gente pode?

— Pode. Tem um lugar do lado que é para a gente passar.

— De que é feito o túnel, papai?

De que era feito o túnel? Essa era uma pergunta meio tola. Tinha oito anos e parecia inteligente... O túnel era um buraco na montanha, não era feito de nada.

— Ah...

De repente, porém, ela o surpreendeu:

— Túnel deprime muito a gente.

— Deprime? Com quem você aprendeu isso?

— Com mamãe: nós duas andamos muito deprimidas.

Positivamente, a mulher deveria ter mais cuidado com o que falava. O que seria daquela menina, sem ele perto, para... para...

— E por que vocês andam deprimidas?

— Não sei: acho que é porque não temos vontade de comer.

Era preciso falar — e falar com jeito, sem escandalizar a menina, assustá-la para a vida. Não dê motivo fútil — era o que recomendavam. O que uma menina de oito anos entenderia por motivo fútil?

— Você já está mocinha — tentou, desajeitadamente, e não soube continuar.

— Aonde nós vamos, papai?

Saíram do túnel. O melhor era procurar um lugar calmo, sossegado. Uma confeitaria, talvez.

— Você quer tomar um sorvete?

— Mamãe disse que está muito frio.

— Não tem importância — disse ele apressadamente: — Vamos tomar um sorvete.

Satisfeitos ambos com a resolução, entraram num ônibus e saltaram à porta da confeitaria. Ela se deteve junto à vitrine:

— Olha, papai, que bonito.

Era uma horrorosa caixa de bombons em forma de coração.

— Dou de presente, você quer? — e puxou-a pelo braço, em direção à entrada. Dar-lhe-ia tudo que quisesse, como a comprar sua simpatia para o que tinha a dizer.

— Mamãe falou que não posso comer bombom senão não janto.

— Hoje você pode, sim.

A mãe também estava exagerando, oprimindo a menina. Não tinha nada de mais comer um bombom de vez em quando. E aquele dia não era um dia comum — pensou, sem perceber que violentava as regras intransigentes de educação da filha que ele próprio firmara e que a mulher agora não fazia senão obedecer. Oprimindo a menina. Nós duas andamos muito deprimidas.

Pessoas entravam e saíam da confeitaria, movimentada aquela hora da tarde. Moças e rapazes esperavam mesa, conversando em grupos, alguns olharam aquele homem tímido, meio curvado, que entrava com uma menina pela mão. Sentiu-se constrangido no ambiente elegante da confeitaria, sentiu-se velho entre aqueles rapazes de suéter e aquelas moças de calça comprida, como rapazes. Em dez anos a filha estaria assim. Dez anos passam depressa. Dez anos haviam passado.

— Aqui não tem lugar — disse ele, contendo a menina. — Vamos ali para o fundo.

Passaram ao outro lado da confeitaria, de aspecto mais humilde.

— Aqui tem sorvete também. Não está bom?

A menina sacudiu a cabeça, submissa:

— Lá na frente era melhor...

— Lá na frente não tem lugar...

— Mas aqui não tem bombom.

— Ah, me esqueci de sua caixa de bombons! Espere aí que eu vou buscar.

Sentou-se a uma das mesas e ordenou ao garçom:

— Traga um sorvete para esta menina. Que sorvete você quer, minha filha? De coco? Chocolate?

— *Milk-shake* — disse ela, com displicência, o garçom logo a entendeu. O pai olhou-a espantado:

— Que é que você pediu?

— *Milk-shake.* Venho aqui sempre com mamãe e ela pede *milk-shake.*

— Então espera aí direitinho que vou buscar seus bombons, volto já.

Passou à outra parte da confeitaria, dirigiu-se ao balcão:

— Quero aquela caixa de bombons que está ali na vitrine, aquela feia, em forma de coração.

De longe avistou a filha, perninhas dependuradas, a chupar o canudo do refresco, olhos vagos, distraídos, inconstantes — os olhos da mãe.

— Demorei? — e sentou-se ao lado dela.

— Fiquei com medo de você ir embora.

— Então eu ia fazer uma coisa dessas, minha filha, ir embora?

A menina apontou a mesa com os olhos, sem abandonar a palha do refresco.

— Pedi um *milk-shake* para você.

Ele se ajeitou na cadeira e acendeu um cigarro. Chegara o momento — como começar?

— Você sentiu saudade do papai?

— Não, porque você demorou pouco. Comprou?

— Comprei, olha aqui — e exibiu-lhe o embrulho.

— Vou levar para mamãe — resolveu ela, subitamente inspirada. — Pode?

— Pode — e ele passou a mão pelo rosto, desconcertado. — Um presente seu para ela.

— Meu, não: seu — fez a menina, como a experimentá-lo. Não respondeu. Ela voltara a chupar o canudo de palha, agora soprava para dentro do copo, fazendo espuma no refresco.

— Eu pergunto se você sentiu saudade de mim não foi agora não, foi quando estive viajando.

— Você esteve viajando mesmo?

Meu Deus, como começar? Era preciso começar, já se fazia tarde, o refresco acabava, em pouco tinha de levá-la de volta para a mãe. Estivera viajando sim, por que haveria de mentir?

— E chegou assim, sem mala, sem nada?

— É porque eu cheguei... Isto é... Olha aqui, toma este outro também, papai não está com vontade — e passou-lhe o copo.

— Assim não janto e mamãe zanga — disse ela, indecisa, a boca a meio caminho do segundo refresco.

— Não tem importância. Diga que fui eu.

Não tinha importância — o importante era dizer, contar tudo, escandalizar, violentar a inocência da menina. Assim recomendavam todos hoje em dia: as crianças devem saber tudo, porque senão inventam por conta própria, e é pior. O que não é capaz de inventar uma criança? Antigamente na escola, entre as amigas, a criança se sentia a única, mas hoje em dia podia-se dizer que era a regra, tantos casais separados! E sacudiam a cabeça, convictos: sobretudo não dê motivo fútil.

— Escuta, minha filha, você é uma mocinha, já deve saber as coisas.

Voltava à fórmula da mocinha. Agora era continuar, custasse o que custasse. Daria tudo para não viver jamais aquele instante. Pensou se não seria bom tomar antes um conhaque.

— Estive viajando sim, mas não é só por isso que não estou morando mais com você. Agora, por exemplo, já cheguei e não vou dormir lá em casa.

— Onde é que você vai dormir?

— Noutro lugar — respondeu ele, evasivo: não pensava em dizer onde estava morando, ela poderia querer ir com ele.

— E quem é que vai dormir com a mamãe?

A pergunta apanhou-o desprevenido, sentiu-se jogado de súbito naquela atmosfera de ansiedade que precedera a separação.

— Me diga uma coisa, filhinha — ele não resistia, e se inclinava, ansioso, sobre a mesa, segurando a mão da filha: — Você disse que vem aqui sempre com sua mãe... Sozinha? Não vem ninguém mais com vocês?

A menina limitou-se a negar com a cabeça, sempre tomando o refresco.

— E lá em casa? Tem ido alguém visitar mamãe?

Desta vez ela sacudiu a cabeça afirmativamente.

— Quem?

Desgarrou os lábios da palha já amassada para responder.

— Vovó.

Ele chamou o garçom e pediu um conhaque. Voltou a acomodar-se na cadeira, perturbado. Não interessava! Tudo acabado para sempre. Agora restava contar para a filha:

— Sabe, filhinha, você já é uma... Bem, isso eu já disse. Quero dizer o seguinte: você sabe que papai gosta muito de sua mãe...

Antes de mais nada, deixar bem a mãe: era o que também aconselhavam. Tomou de uma só vez o conhaque e prosseguiu:

— Sua mãe é muito boa, sabe? Muito boa mesmo, gosta muito de você, você deve ser muito obediente e boazinha para ela.

Não, não era isso. Precisa dizer logo, ou não diria nunca:

— Papai gosta dela e ela de papai. Mas acontece, sabe? que ela é muito diferente do papai, gosta de uma coisa, papai de outra...

Motivo fútil. O que não seria motivo fútil?

— Bem, eu e sua mãe gostamos muito um do outro mas eu andava muito cansado, trabalhando o dia todo, sua mãe muito nervosa, nós vivíamos discutindo... brigando...

— Se gostam, por que é que brigam?

Foi a única vez que a menina o interrompeu. Dali por diante ficou calada, olhando para outro lado, e ele prosseguiu como pôde, dizendo: ela não tinha uma amiguinha no colégio? não gostavam uma da outra? e de vez em quando não brigavam? Pois então?

Com eles também era assim. E para viver junto era preciso não brigar nunca, era preciso ser muito bom um para o outro, era preciso...

— Minha filha, você não está escutando.

— Estou sim, papai...

A menina terminara o refresco e agora riscava distraidamente a mesa com a palha umedecida.

— Que é que estou dizendo?

Ela voltou-se para ele:

— Está dizendo que você e mamãe vão se separar.

Ele respirou fundo, num misto de angústia e alívio:

— Mas vou visitar vocês sempre...

— Eu sei.

— Posso levar você para passear.

— Sei.

— Posso... Posso...

Ela se levantou, puxando-o pela mão:

— Papai, me leva embora que já está ficando tarde.

— Minha filha — disse ele, confuso e comovido, e não resistiu, tomou-a no colo, abraçou-a com força, enquanto lágrimas lhe enchiam os olhos. Quis falar e as palavras se prenderam num engasgo. Um casal sentado ao fundo da confeitaria, mãos dadas sobre a mesa, voltou-se curiosamente para vê-lo. Ele depositou a menina no chão, sem que ela oferecesse resistência. Chamou o garçom, pagou, reteve a filha:

— Olha, você está esquecendo os bombons.

Saíram, e a menina o conduzia pela mão, como a um cego.

(A Companheira de Viagem)

DE HOMEM PARA HOMEM

Você talvez não se lembre: devia ter naquela época uns quatorze ou quinze anos. Eu tinha sete. Sei disso, porque naquele ano tinha entrado para o grupo escolar. E foi no grupo escolar que ganhei o bodoque.

Trata-se, portanto, de um bodoque — também chamado de atiradeira ou estilingue. Nós chamávamos de bodoque: uma forquilha, em geral de goiabeira, bem raspada a canivete, da qual partiam duas tiras finas de borracha de câmara de ar de bicicleta, bem amarradas (era preciso esticar bem para amarrar, do contrário soltavam) e juntas na outra extremidade por um pedaço de couro de língua de sapato velho. Assim eram os bodoques, e não serviam só para matar passarinho, como você insinuou, serviam para tudo: para quebrar vidraça, para derrubar manga, para tiro ao alvo, para guerrear contra os outros meninos. Deus é testemunha de que nunca consegui matar nem um passarinho com bodoque ou sem ele, era péssima a minha pontaria — esse pecado não carrego comigo, foi uma injustiça da sua parte. E honra seja feita: o único passarinho morto que me caiu nas mãos, achado no quintal já meio comido de formigas, enterrei com todo o respeito, depois de abrir com o canivete, para ver como ele era por dentro. Isso os médicos estão cansados de fazer com gente de verdade nos hospitais, não é pecado nenhum.

Pois bem, o que foi que aconteceu com o meu bodoque? Você não se lembra, certamente, nem chegou sequer a saber como ele veio parar nas minhas mãos. Pois lhe conto agora: eu tinha uma coleção de marcas de cigarro que troquei com Evandro por uma coleção de pedras preciosas de vidro; vendi as pedras por quatrocentos réis dos grandes e com eles, e mais um pião, e mais uns selos da Tasmânia que tinha ganho numa aposta, e mais — não tenho certeza — duas ou três bolas de gude, comprei afinal o bodoque de um menino que já não me lembro mais quem era. Faz diferença eu não me lembrar mais quem era?

Pois bem: e o que foi que aconteceu? Aconteceu que naquele mesmo dia eu fui procurar Newton e Toninho para mostrar o meu bodoque, muito melhor do que os deles, não encontrei nem um nem outro.

E olhe que Newton sabia fazer bodoque! as forquilhas dos bodoques dele sendo tão fechadinhas que era preciso esticar muito para não pegar no dedo, a pedra passava por cima. Encontrei foi você, na porta da casa do Armando e do Quico, ali na Rua da Bahia. Eu trazia o bodoque enrolado no bolso da calça e queria fazer uma surpresa, se não para o Newton e o Toninho, pelo menos para o Quico, que não tinha bodoque nenhum ainda. Você já era meio compridão feito hoje, me lembro que me olhou de cima para baixo com esses olhos meio caídos que tem até hoje e me disse: "Aonde é que você vai aí todo satisfeito?" Eu disse que ia mostrar ao Quico o meu bodoque, você então perguntou: "Bodoque?" e me pediu para ver, com ar fingido de quem já é velho demais para ficar pensando em bodoque. Então caí na asneira de enfiar a mão no fundo do bolso da calça, tirar o bodoque e mostrar. E você, o que foi que fez? Pegou no bodoque como se quisesse mesmo ver, mas logo abriu o paletó e me mostrou a fivela do cinto, falando: "Olha aí". E guardou meu bodoque no bolso. Era uma fivela dourada de cinto de escoteiro e nela estava escrito "Sempre alerta" debaixo de uma flor-de-lis. Mas era só o cinto, você não estava fardado de escoteiro, estava até de calça comprida, que você já usava. Armando, que também era mais velho, veio chegando e viu, perguntou o que era, então você explicou para ele: "Sou escoteiro, tomei o bodoque dele".

Tomou meu bodoque. Quando eu entendi que você me tinha tomado mesmo o bodoque por ser escoteiro e escoteiro não pode matar passarinho, perdi a cabeça e comecei a gritar: "Mas eu não sou! Me dá meu bodoque!" Acabei chorando de raiva e o próprio bodoque, digo o próprio Armando insistia com você que não fizesse isso, deixe de coisa, dá o bodoque do menino. E você ali inabalável, até achando graça na minha raiva. Acabou dizendo que primeiro ia apurar se eu costumava matar passarinho com bodoque (jurei que não, era para derrubar manga!) e no caso de não apurar nada, era possível que devolvesse. Saí dali meio perplexo, já nem chorando mais, esmagado pelo peso da sua autoridade de escoteiro.

Pois muito bem: foi isso que aconteceu. Depois daquele dia tive uma porção de bodoques, fui escoteiro também, nunca me aconteceu tomar bodoque de ninguém. Os anos passaram, eu cresci, muitas coisas me aconteceram, e aqui estou. Você também cresceu, embora já fosse bem crescido, muitas coisas lhe aconteceram, você aí está. De vez em quando tenho notícias suas por amigos comuns, de vez em quando cruzamos na rua um com o outro, chegamos mesmo a trocar palavras de cordialidade, somos velhos conhecidos, nada temos um contra o outro.

A não ser o bodoque. Seu candidato venceu nas eleições, você veio para o Rio, foi nomeado para um alto cargo administrativo onde, dizem os jornais, tem revelado competência. Fico muito satisfeito com isso, você levando a sua vida e eu a minha, está tudo muito bem.

A não ser o bodoque. Seu nome, para mim, antes de mais nada, continua ligado ao bodoque que você me tomou e nunca mais devolveu. Só porque era escoteiro. Ora, tenha paciência! Hoje não sou menino mais, você pode ser mais alto e mais velho do que eu, pode ser muito importante, diretor, ministro, ou lá o que seja, até presidente da República, não me espantaria, do jeito que as coisas vão — mas eu sou homem também. E se você quer que eu te considere um homem, antes de mais nada me devolve meu bodoque. Eu quero meu bodoque.

(A Companheira de Viagem)

A EXPERIÊNCIA DA CIDADE

O que mais o impressionou no Rio foram os bondes. Não pode ver um bonde, fica maravilhado: nunca pensou que existisse algo de tão fantástico:

— Se ele quiser andar de fasto, ele pode?

Andar de fasto, na sua linguagem de menino do interior de Minas, é andar para trás. Tem outras expressões esquisitas: *sungar* é levantar; *pra riba* é para cima; *pramode* é para, por causa, etc. Mas eu também sou mineiro:

— Pramode o bonde andar de fasto tem de sungar os bancos e tocar pra riba.

— É deveras?

Ele fica olhando. Olha tudo com atenção. Tem oito anos mas bem podia ter cinco ou seis, de tal maneira é pequenino. Bem que a cozinheira dizia:

— Tenho um filho que é deste tamaninho.

E levava a mão à altura do joelho. Chama-se Valdecir. Ninguém acerta com seu nome, nem ele próprio: — *Vardici*, diz, mostrando os dentes. No dia em que chegou, fiquei sabendo que nunca tivera ao menos notícia da existência de uma cidade, além do arraial onde nascera. Nunca vira luz elétrica ou água corrente, ainda mais telefone ou elevador. Abria a torneira e ficava olhando. Quando tinha água, era capaz de inundar o edifício. Quando não tinha, divertia-se tocando a campainha da porta da rua — e para alcançá-la precisava arrastar uma cadeira. As da sala de jantar têm marca de seus pés até hoje. A cozinheira atendia ao chamado, dava-lhe um safanão, arrastava-o para a cozinha. Ele ficava olhando: nunca vira um fogão a gás.

A princípio procurei deslumbrá-lo: com displicência, ligava a televisão em sua presença, abria a geladeira, usava o ventilador. Ele seguia-me os movimentos, silencioso, mas não parecia impressionado: eram coisas tão misteriosas que passavam muito além de sua capacidade de se espantar.

Com o mar, porém, foi diferente. Quando o levei pela mão até a praia do Leblon, ele olhou excitado para o mar e exclamou, arregalando os olhos:

— Oia, que lagoão!

Vendo-me falar ao telefone, limitava-se a sorrir, como a dizer: "Olha o bobo, falando sozinho".

Arranjei-lhe um lugar em colégio interno, a pedido da mãe. Ele concordou em ir, desde que fosse de bonde. E lá se foi, certa manhã, na beirada do banco, descobrindo maravilhas em cada esquina.

Na segunda-feira da última Semana Santa, meu telefone chamou às cinco horas da manhã, tirando-me da cama. Fui atender, era ele:

— Tou falando pramode saber aonde é que eu vou. Não vai ficar ninguém aqui.

Já sabia telefonar, pois. Não sabia, apenas, que aquilo não eram horas de fazê-lo. Pedi-lhe que tivesse paciência e chamasse mais tarde. Mas ele não sabia o que queria dizer paciência. Morto de sono, desliguei o telefone e voltei para a cama. Meia hora depois a campainha chamou novamente:

— Posso falar agora?

Tive de me conformar: cinco e meia da manhã já era tarde para ele.

— Vou mandar tua mãe te buscar.

Ele deu uma risadinha e desligou. Na mesma tarde veio de novo para minha casa. De bonde, evidentemente.

Ficou por aí rodando pelo apartamento, brincando com as outras crianças na calçada. Por duas vezes foi à praia, mas não se aventurou a entrar no lagoão senão uma vez, achou a água muito azeda; limitou-se a ficar abrindo buracos na areia, à procura de minhocas.

Não sei por quê, saiu do colégio; acabou indo morar com os tios em Santa Teresa, numa casa de cômodos. Um dia abro o jornal e leio a notícia: um homem matara o vizinho do quarto, que tentara violentar um menino. Foi arrolado como testemunha! Voltou para minha casa e já trazia nos olhos a perplexidade dos escandalizados pela vida.

Agora regressa à sua terra. Vai crescer, tornar-se homem como os que aqui conheceu, ou apenas envelhecer e morrer apoiado ao cabo da enxada, como seus ancestrais. Leva da cidade a notícia de meia dúzia de coisas fantásticas — bonde, televisão, elevador, telefone — cuja lembrança irá talvez se apagando com o tempo. Esquecerá depressa este homem que aqui viu, cercado de mecanismos, moderno e civilizado, que o abrigou alguns dias e a quem devolveu, sem saber, um pouco da infância. Apenas não esquecerá tão cedo seu primeiro conhecimento do homem, animal feroz.

(A Companheira de Viagem)

HORA DE DORMIR

— Por que não posso ficar vendo televisão?

— Porque você tem de dormir.

— Por quê?

— Porque está na hora, ora essa.

— Hora essa?

— Além do mais, isso não é programa para menino.

— Por quê?

— Porque é assunto de gente grande, que você não entende.

— Estou entendendo tudo.

— Mas não serve para você. É impróprio.

— Vai ter mulher pelada?

— Que bobagem é essa? Ande, vá dormir que você tem colégio amanhã cedo.

— Todo dia eu tenho.

— Está bem, todo dia você tem. Agora desligue isso e vá dormir.

— Espera um pouquinho.

— Não espero não.

— Você vai ficar aí vendo e eu não vou.

— Fico vendo não, pode desligar. Tenho horror de televisão. Vamos, obedeça a seu pai.

— Os outros meninos todos dormem tarde, só eu que durmo cedo.

— Não tenho nada que ver com os outros meninos: tenho que ver com meu filho. Já para a cama.

— Também eu vou para a cama e não durmo, pronto. Fico acordado a noite toda.

— Não comece com coisa não, que eu perco a paciência.

— Pode perder.

— Deixe de ser malcriado.

— Você mesmo que me criou.

— O quê? Isso é maneira de falar com seu pai?

— Falo como quiser, pronto.

— Não fique respondendo não: cale essa boca.

— Não calo. A boca é minha.

— Olha que eu ponho de castigo.

— Pode pôr.

— Venha cá! Se der mais um pio, vai levar umas palmadas.

— ...

— Quem é que anda lhe ensinando esses modos? Você está ficando é muito insolente.

— Ficando o quê?

— Atrevido, malcriado. Eu com sua idade já sabia obedecer. Quando é que eu teria coragem de responder a meu pai como você faz. Ele me descia o braço, não tinha conversa. Eu porque sou muito mole, você fica abusando... Quando ele falava está na hora de dormir, estava na hora de dormir.

— Naquele tempo não tinha televisão.

— Mas tinha outras coisas.

— Que outras coisas?

— Ora, deixe de conversa. Vamos desligar esse negócio. Pronto, acabou-se. Agora é tratar de dormir.

— Chato.

— Como? Repete, para você ver o que acontece.

— Chato.

— Tome, para você aprender. E amanhã fica de castigo, está ouvindo? Para aprender a ter respeito a seu pai.

— ...

— E não adianta ficar aí chorando feito bobo. Venha cá.

— Amanhã eu não vou ao colégio.

— Vai sim senhor. E não adianta ficar fazendo essa carinha, não pense que me comove. Anda, venha cá.

— Você me bateu...

— Bati porque você mereceu. Já acabou, pare de chorar. Foi de leve, não doeu nem nada. Peça perdão a seu pai e vá dormir.

— ...

— Por que você é assim, meu filho? Só para me aborrecer. Sou tão bom para você, você não reconhece. Faço tudo que você me pede, os maiores sacrifícios. Todo dia trago para você uma coisa da rua. Trabalho o dia todo por sua causa mesmo, e quando chego em casa para descansar um pouco, você vem com essas coisas. Então é assim que se faz?

— ...

— Então você não tem pena de seu pai? Vamos! Tome a bênção e vá dormir.

— Papai.

— Que é?

— Me desculpe.

— Está desculpado. Deus o abençoe. Agora vai.

— Por que não posso ficar vendo televisão?

(A Companheira de Viagem)

Na escuridão miserável

Eram sete horas da noite quando entrei no carro, ali no Jardim Botânico. Senti que alguém me observava, enquanto punha o motor em movimento. Voltei-me e dei com uns olhos grandes e parados como os de um bicho, a me espiar, através do vidro da janela, junto ao meio-fio. Eram de uma negrinha mirrada, raquítica, um fiapo de gente encostado ao poste como um animalzinho, não teria mais que uns sete anos. Inclinei-me sobre o banco, abaixando o vidro:

— O que foi, minha filha? — perguntei, naturalmente, pensando tratar-se de esmola.

— Nada não senhor — respondeu-me, a medo, um fio de voz infantil.

— O que é que você está me olhando aí?

— Nada não senhor — repetiu. — Tou esperando o ônibus...

— Onde é que você mora?

— Na praia do Pinto.

— Vou para aquele lado. Quer uma carona?

Ela vacilou, intimidada. Insisti, abrindo a porta:

— Entra aí, que eu te levo.

Acabou entrando, sentou-se na pontinha do banco, e enquanto o carro ganhava velocidade, ia olhando duro para a frente, não ousava fazer o menor movimento. Tentei puxar conversa:

— Como é o seu nome?

— Teresa.

— Quantos anos você tem, Teresa?

— Dez.

— E o que estava fazendo ali, tão longe de casa?

— A casa da minha patroa é ali.

— Patroa? Que patroa?

Pela resposta, pude entender que trabalhava na casa de uma família no Jardim Botânico: lavava roupa, varria a casa, servia à mesa. Entrava às sete da manhã, saía às oito da noite.

— Hoje saí mais cedo. Foi jantarado.

— Você já jantou?

— Não. Eu almocei.

— Você não almoça todo dia?

— Quando tem comida pra levar, eu almoço: mamãe faz um embrulho de comida pra mim.

— E quando não tem?

— Quando não tem, não tem — e ela parecia sorrir, me olhando pela primeira vez. Na penumbra do carro, suas feições de criança, esquálidas, encardidas de pobreza, podiam ser as de uma velha. Eu não me continha mais de aflição, pensando nos meus filhos bem nutridos — um engasgo na garganta me afogava no que os homens experimentados chamam de sentimentalismo burguês:

— Mas não te dão comida lá? — perguntei, revoltado.

— Quando eu peço eles dão. Mas descontam no ordenado, mamãe disse para eu não pedir.

— E quanto é que você ganha?

Diminuí a marcha, assombrado, quase parei o carro. Ela mencionara uma importância ridícula, uma ninharia, não mais que alguns trocados. Meu impulso era voltar, bater na porta da tal mulher e meter-lhe a mão na cara.

— Como é que você foi parar na casa dessa... foi parar nessa casa? — perguntei ainda, enquanto o carro, ao fim de uma rua do Leblon, se aproximava das vielas da praia do Pinto. Ela disparou a falar:

— Eu estava na feira com mamãe e então a madame pediu para eu carregar as compras e aí noutro dia pediu a mamãe pra eu trabalhar na casa dela, então mamãe deixou porque mamãe não pode deixar os filhos todos sozinhos e lá em casa é sete meninos fora dois grandes que já são soldados pode parar que é aqui moço, obrigado.

Mal detive o carro, ela abriu a porta e saltou, saiu correndo, perdeu-se logo na escuridão miserável da praia do Pinto.

(A Companheira de Viagem)

Homem olhando o mar

Ela carregava a pasta contra o peito, e caminhava com estudada displicência — o que, de certo modo, disfarçava a deselegância do uniforme. Deu uma corridinha para atravessar a rua e depois se compenetrou, tentando fazer-se adulta. Logo se distraía, de vitrine em vitrine, com seu próprio corpo que passava, refletido no vidro — às vezes estacando para olhar um vestido, uma bolsa, um sapato. Bárbaro, murmurava.

Na esquina se deteve junto à carrocinha de sorvete:

— De chocolate.

A mãe era capaz de dizer que não ficava bem uma moça de treze anos tomando sorvete pela rua afora. Ainda mais nesse passinho saltitante, evitando as listas pretas da calçada, só pisando nas brancas. Pouco se importava: muita coisa que não ficava bem ela gostava de fazer. Por exemplo: tirar o sapato ali mesmo e andar descalça, dava vontade. Outro exemplo: matar a última aula, pois não era isso mesmo?

Sorvete acabado, ficou pensando se agora não seria o caso de comprar um saco de pipocas. Enquanto decidia, olhava os cartazes de cinema. Por um instante teve a tentação de entrar. Isto é, se o dinheiro desse. Isto é, se desse tempo. Isto é, se já não tivesse visto aquele filme.

— Amanhã vou pedir ao papai — afirmou, como se falasse para o próprio sapatinho branco na vitrine, logo adiante: bárbaro também. O pai, naquele instante na cidade, trabalhando no escritório. O que eu estou precisando é de tomar juízo, concluiu. Mas, francamente: só a última aula. Ainda mais numa tarde tão bonita como aquela. Virou a esquina e seguiu em direção ao mar.

O mar. Ondas que se quebravam lá adiante, espumando verde. Ao longe, cruzando a barra, um navio branco. O azul do céu sem uma nuvem, a areia dourada. Foi andando devagar ao longo da praia, passo a passo, reconciliada com o mundo, leve, distraída, olhando o mar.

De repente estacou, surpresa: num dos bancos, logo adiante, um homem também olhando o mar.

Um homem alto como seu pai, meio curvado como seu pai, olhando o mar. Mas àquela hora, sentado sozinho num banco de praia, paletó largado ao colo, olhando o mar?

Virou rapidamente o rosto, porque ele se movera e já podia tê-la visto. Deu-lhe as costas e atravessou a rua, aturdida com a descoberta: ele também matava aula para ficar olhando o mar.

Antes de desaparecer na esquina, arriscou ainda um olhar furtivo, para confirmar: lá está ele. Teve a impressão de que agora ele é que virava o rosto, para não ser reconhecido. Por via das dúvidas, foi logo para casa.

Já era tempo mesmo: chegou à hora de sempre.

À noite, ele chegou também à hora de sempre. E durante o jantar, a uma pergunta da mulher, enfrentou a família com o costumeiro sorriso de cansaço:

— Tive um dia atarefadíssimo hoje.

Olhou a filha, meio ressabiado, mas ela já lhe devolvia o olhar, com ternura. Uma ternura de cúmplice.

(A Inglesa Deslumbrada)

O FALCÃO NEGRO

Primeiro Pedro ficou brincando com soldadinhos de chumbo: escondeu um debaixo do sofá onde eu estava sentado, outro no vaso de samambaias da varanda, outro ainda atrás da televisão — espalhou o exército pela casa toda, e começou a guerra. Logo se cansou daquilo, não havia inimigo. Veio me puxar pelo braço:

— Vem ver uma coisa.

Levou-me para ver o vidro da janela do banheiro, que se quebrara com as explosões do novo túnel ali na esquina — na forma de um peixe direitinho!

— Só falta o rabo, olha aí. Vamos acabar de quebrar?

Depois me deixou regressar à sala, tendo descoberto que uma tampinha de coca-cola atirada na banheira cheia d'água, afunda ou não afunda? Podia ficar boiando feito uma coisa, uma boia mesmo, olha aí.

— Olha aí.

Era uma máquina de grampear que descobrira na gaveta.

— Para que serve isso?

Para quebrar, evidentemente. Desmontar, ver como era por dentro, se dava tiro, se servia para guerra, transformada em arma secreta do seu exército. Em pouco as peças estariam espalhadas pela sala.

— Você já tomou banho hoje, Pedrinho?

— Depende.

A resposta não procedia, mas tive de contentar-me com ela. Ele foi à cozinha, voltou comendo uma banana. Depôs a casca no parapeito da janela.

— Você compra um balão de gás para mim?

— Depende — vinguei-me, mais cedo do que esperava.

— Mas só serve de gás. Daqueles que sobem. Pra transmitir mensagem.

— Mensagem como?

— Solto lá embaixo na rua com uma mensagem e venho pegar aqui em cima.

Empurrou com o dedo uma ponta de cigarro no cinzeiro, acabou apanhando-a e me olhava de lado, aguardando minha reação.

— Olha aí eu fumando.

— Larga isso, menino — zanguei, para satisfazê-lo. Deu uma risadinha, atirou longe o cigarro e saltou-me ao colo.

— Você tem um nariz torto.

— E você tem uma cara torta.

— E você uma cara de besta.

Protestei:

— Falta de respeito.

Ele ficou sério:

— Vem brincar comigo, vem.

Não havia jeito. Resignado, levantei-me.

— De que é que nós vamos brincar?

— Futebol de botão.

Eis o que seria temerário: sei que estou destreinado, há anos não jogo. E sempre contei vantagem, não poderia me desmoralizar.

— Futebol, não. Pega dois botões aí, vamos jogar fava.

— Fava?

— Você nunca jogou fava?

Passamos à varanda. Dei-lhe as instruções necessárias.

— Com fava mesmo seria melhor. Mas estou desconfiado que você nunca viu uma fava na sua vida.

Fui o primeiro a jogar, o botão se deteve a um palmo da parede. Pedro jogou também o seu, mas, desajeitado, fez com que rolasse de volta até junto de nós.

— Perdeu! Um a zero.

Tornamos a jogar, e de novo eu ganhei. Obstinado, ele ia aprendendo a maneira certa de atirar o botão, a conter o impulso do braço. Quando já estava cinco a zero, ganhou pela primeira vez.

— Agora você vai ver comigo — prometia, excitado.

Realmente, sua reação começou a diminuir a diferença, em pouco ameaçava passar-me à frente para ganhar a partida, que era de dez.

— Oito a oito! — gritou ele: — Empate!

Ganhou a jogada seguinte, tornei a empatar, para dar mais emoção à sua vitória. Era a última vez, a decisiva: cabia-lhe jogar primeiro. Concentrou-se, firmando-se nas perninhas, experimentou o galeio do braço e afinal atirou magistralmente o botão, que deslizou no ladrilho até se deter junto à parede. Não se conteve, pôs-se a saltar de alegria, já celebrando o triunfo com caretas e gatimonhas:

— Desta você nunca há de ganhar.

Era minha intenção jogar esta última vez de qualquer maneira, para confirmar-lhe a vitória. Atirei o botão com displicência, mas ele não somente se colou também à parede, como empurrou o outro para trás. Meu adversário ficou olhando desapontado:

— E agora?

— Não valeu.

No meu tempo, um lance daqueles era considerado exemplar.

— Você disse que valia.

Realmente, no decorrer do jogo eu dissera qualquer coisa, agora ele não me deixara voltar atrás:

— Quem ganhou foi você.

— Está bem — conformei-me. — Então vamos jogar outra.

Mas ele voltou-me as costas, superior na derrota como na vitória, dizendo que não queria brincar mais, era um jogo muito chato. E foi ligar a televisão, ficou assistindo a um programa. Em pouco, rosto oculto por uma máscara de papel, pulando sobre as cadeiras, dizimava toda uma quadrilha de bandidos na sala de jantar, transformado num herói qualquer. O Falcão Negro, se não me engano.

(A Inglesa Deslumbrada)

Protesto tímido

Ainda há pouco eu vinha para casa a pé, feliz da minha vida, e faltavam dez minutos para meia-noite. Perto da Praça General Osório, olhei para o lado e vi, junto à parede da esquina, algo que me pareceu uma trouxa de roupa, um saco de lixo. Alguns passos mais e pude ver que era um menino.

Escurinho, de seus seis ou sete anos, não mais. Deitado de lado, braços dobrados como dois gravetos, as mãos protegendo a cabeça. Tinha os gambitos também encolhidos e enfiados dentro da camisa de meia esburacada, para se defender contra o frio da noite. Estava dormindo, como podia estar morto. Outros, como eu, iam passando, sem tomar conhecimento de sua existência. Não era um ser humano, era um bicho, um saco de lixo mesmo, traste inútil, abandonado sobre a calçada. Um menor abandonado.

Quem nunca viu um menor abandonado? A cinco passos, na casa de sucos de frutas, vários casais de jovens tomavam sucos de frutas, alguns mastigavam sanduíches. Além, na esquina da praça, o carro da radiopatrulha estacionado, dois boinas-pretas conversando do lado de fora. Ninguém tomava conhecimento da existência do menino.

Segundo as estatísticas, como ele existem nada menos que 25 milhões no Brasil, que se pode fazer? Qual seria a reação do menino se eu o acordasse para lhe dar todo o dinheiro que trazia no bolso? Resolveria o seu problema? O problema do menor abandonado? A injustiça social?

A injustiça não se resolve.
À sombra do mundo errado
Murmuraste um protesto tímido.

Então vim para casa, os versos do poeta se repetindo na minha cabeça. Não sou poeta e minha prosaica competência se limita a este retângulo impresso, onde me cabe escrever amenidades sobre a vida de todo dia, para distrair o leitor. E convenhamos que não é nada ameno como assunto um menor abandonado que me pareceu a poucos passos um simples monte de lixo. Remover esse lixo? Pagar a taxa da Comlurb? Ou seria melhor incinerar? Dizem os entendidos que o problema é de ordem econômica, ou seja, mais de ordem técnica que de ordem moral. Precisamos enriquecer o país, produzir, economizar divisas, combater a inflação, pechinchar. O Brasil é feito por nós. Com isso, todos os problemas se resolverão, inclusive o do menor abandonado.

Vinte e cinco milhões de menores — um dado abstrato, que a imaginação não alcança. Um menino sem pai nem mãe, sem o que comer nem onde dormir: isto é um menor abandonado — hoje em dia designado eufemisticamente menino de rua. Para entender, só mesmo imaginando meu filho largado no mundo aos seis, oito, dez anos de idade, sem ter para onde ir nem para quem apelar. Imagino que ele venha a ser um desses que se esgueiram como ratos em torno aos botequins e lanchonetes e nos importunam cutucando-nos de leve — gesto que nos desperta mal contida irritação — para nos pedir um trocado. Não temos disposição sequer para olhá-lo e simplesmente o atendemos (ou não) para nos livrarmos depressa de sua incômoda presença. Com o sentimento que sufocamos no coração, escreveríamos toda a obra de Dickens. Mas estamos em pleno século 20, vivendo a era do progresso para o Brasil, conquistando um futuro melhor para os nossos filhos. Até lá, que o menor abandonado não chateie, isso é problema para o juizado de menores. Mesmo porque são todos delinquentes, pivetes na escola do crime, cedo terminarão na cadeia ou crivados de balas pelo Esquadrão da Morte.

Pode ser. Mas a verdade é que hoje eu vi meu filho dormindo na rua, exposto ao frio da noite, e além de nada ter feito por ele, ainda o confundi com um monte de lixo.

(A Falta que Ela me Faz)

O FILHO DA MÃE

— Ah, aquele menino, você nem imagina! Ainda acaba me botando maluca. E nem onze anos ele tem. Pois outro dia não foi pedir dinheiro emprestado ao gerente do Banco ali em frente? Me viu fazendo um empréstimo, achou que era só pedir e eles davam. Então foi até lá: eu quero tirar um dinheiro aí. O gerente depois me contou: quanto você precisa? — fingindo que levava a sério. Seis mil. Seis mil? Para que você precisa de seis mil cruzeiros? Ele disse que era para comprar uma prancha de surfe. O gerente explicou que não podia ser assim, tinha de encher uns papéis, a mãe dele tinha de assinar. Ele coçou a cabeça, desanimado: a gorda não assina. A gorda sou eu.

— Está com mania de surfe, mas ainda não tem tamanho nem para carregar uma prancha. Então ele inventou outro jeito de ganhar dinheiro: consertar prancha de outros surfistas. Na prancha, não sei se você sabe, com o uso acaba aparecendo umas gretas que os meninos chamam de... Bem, vou chamar de greta mesmo, mas você me entende, né? Pela forma, até que eles têm razão, o nome não podia ser outro, e eles falam o tempo todo com a maior naturalidade, sem nem lembrar que é palavrão. Pois o diabo do menino arranjou aquela profissão: consertador de greta de prancha de surfe. Cobrava duzentos cruzeiros por cada greta que consertava. Só que ele não sabia consertar coisa nenhuma, pois além do mais precisa ter uma cola especial, ou resina, sei lá, e ele não tinha. Enchia a greta de algodão, tapava com esparadrapo e pintava com guache da cor da prancha. Era só entrar n'água e o conserto saía todo, como o curativo de uma ferida. Até que um dia ele consertou duas gretas na prancha do filho do delegado, quatrocentos cruzeiros. Quando se deu a desgraça dentro d'água, o delegado mandou me chamar lá. Pronto, eu pensei, desta vez a greta é mais embaixo.

— Levei o menino comigo para que o delegado desse logo um esculacho nele, e acabei deixando ele lá sozinho a pedido do homem, fui fazer umas compras. Quando voltei, encontrei os dois num papo animadíssimo sobre futebol, cada um entendendo mais do que o outro — o delegado, que eu saiba, não chegou nem a tocar no assunto, o conserto das gretas da prancha do filho dele ficou por isso mesmo. Na volta o menino, que estava de calção, ainda me fez mais uma: espera um instantinho, mamãe. E entrou numa loja. Demorou um pouco, depois voltou de calção novo, dizendo com aquele ar dele que eu já conheço: podemos ir embora. Pois na loja, me contaram depois, ele pediu para experimentar um calção e disse ao homem: espera um instantinho, que eu vou lá fora mostrar para a gorda.

— Ouve só a última que ele me aprontou, ainda ontem. Não eram nem seis e meia da manhã e eu estava na parte mais macia do meu sono, quando bateram na porta do apartamento. Acordei assustada, passei a mão no robe e fui ver quem era. Mas não fui abrindo logo não, que eu moro sozinha com o menino e tenho medo de assalto, primeiro perguntei quem era. Polícia! — berraram lá de fora. Mais essa agora: não sou da vida nem da muamba, que diabo haviam de querer comigo? Então berrei de cá: qual é, meu chapa? Mas não estavam para brincadeira, já esmurrando a porta: abre logo, antes que a gente arrebente essa joça. Abri com a corrente presa, e perguntei pela fresta com toda a delicadeza posso ser útil em alguma coisa? Eram três homens, um deles um crioulão de meter medo, outro com ar de tira mesmo, e um de paletó e gravata, devia ser o chefe. Abri a porta, que remédio? E entraram os três. Se fosse assalto eu estava ferrada, mas era polícia mesmo, o que às vezes não faz a menor diferença.

— O crioulão ali na minha frente abrindo e fechando as mãos como se fosse me agarrar de uma hora para outra e tirar logo um pedaço, e eu já dizendo calma, calma, pessoal, que dá para todos, o de paletó com o dedo na minha cara dizendo que era advogado, aquilo não ficava assim, eu ia ter de explicar era na delegacia a história da carabina. Bem, sendo advogado e não tira, como os outros dois, a barra não estava assim tão pesada e eu... Mas espera aí, carabina? Que carabina? Ele sacudiu o dedo no meu nariz: carabina sim senhora, não pensa que a senhora me faz de idiota, sabe muito bem que carabina. A carabina que seu filho vendeu para o meu!

— Agora sai dessa: a carabina que seu filho vendeu para o meu. E o pai segurando a cabeça com as duas mãos como se ela fosse voar: logo para meu filho, que é um débil mental! Resolvi apelar: por isso não, que o meu também é. Ah, o seu também é? — ele retrucou: e a senhora acha que ele é pior do que o meu? Eu disse: o seu come uma pizza inteira, das grandes, depois do almoço e outra depois do jantar? Ele disse: o seu acorda às seis horas da manhã para ficar marchando na rua pra lá e pra cá feito soldado, de carabina no ombro? Tive de reconhecer: é, de fato o seu é pior. Então ele disse, furioso, que o meu não passava de um maconheiro. Ah, essa não! Eu não disse que maconheira era a mãe dele porque na hora tive medo dos tiras. Então falei que absolutamente, e coisa e tal. Ele botou as munhecas na cintura: ah, é pequenino pra ser maconheiro? E a senhora pode fazer o favor de me dizer pra que o pequenino precisa dos cinquenta cruzeiros que cobrou do meu filho pela carabina, se não era pra comprar maconha então pra que era? Se a carabina valia muito mais?

— E eu ali pensando mas que diabo de carabina... De repente me lembrei: uma amiga minha tinha me dado uma espingarda, para que eu não sei, ela trabalha numa casa de armas. De armas ou de brinquedos, sei lá: devia ser pra matar passarinho, espingarda de chumbo, uma graça. Só que eu não ia botar ela no ombro e sair por aí marchando na rua como o débil mental do filho do outro havia feito: a radiopatrulha viu aquilo, achou estranho, depois de muito custo os guardas descobriram onde o coisinha morava, foram acordar o pai, e ali estava ele, botando fogo pelas ventas. Fui correndo olhar em cima do armário se a espingarda ainda estava lá. Claro que não estava. Como se existisse algum lugar no mundo onde eu pudesse esconder qualquer coisa do meu filho. Eu já podia ter contado com essa: tudo que cai nas mãos dele ele vende. Sempre por cinquenta cruzeiros, para comprar pizza. Como come, o filho da mãe! E a gorda sou eu. Vendeu por cinquenta cruzeiros a bicicleta novinha que eu dei para ele no Natal, custou quatro mil e quinhentos! Um pouquinho de correção monetária não faria mal a ninguém, você não acha?

— Então fui acordar o monstrinho. Cheguei a cara bem perto dele e falei: acorda, filho da mãe. Ele abriu os olhos e ficou me olhando com aquele arzinho de anjo barroco. Peguei nele pela orelha e falei: vem comigo pra você ver o bode que deu desta vez. Ele veio todo mansinho, que malandro não estrila. No que entramos na sala, agora vê se pode! No que entramos na sala o advogado olhou para ele, espantado: uê, mas é você, velhinho? quem diria? E depois de se abaixar para abraçar o menino como se fosse um companheiro de farra, voltou-se para mim: somos velhos amigos, até já ganhamos dinheiro juntos, ele me ensinou a jogar no bicho.

(A Falta que Ela me Faz)

UMA VEZ ESCOTEIRO

Tendo ouvido falar que eu, quando menino, fui escoteiro, uma jovem leitora de São Paulo, Célia Maria, me escreve para dizer que, como bandeirante, tem curiosidade em saber o que significou o escotismo para mim.

Antes de mais nada: ainda existem escoteiros? A bem dizer, há muito tempo que não vejo um. A não ser que hajam passado a andar à paisana, como os padres e os militares mais discretos.

Segundo aquela definição lusitana, o escotismo vem a ser um bando de miúdos vestidos de parvos, comandados por um parvo vestido de miúdo. Pode ser que hoje em dia assim seja, mas para mim foi um pouco mais que isso.

"Uma vez escoteiro, sempre escoteiro", era o lema de meu tempo. Pois outro dia vinha eu distraído pela rua pitando meu cigarrinho, quando dou com um bando de escoteiros surgidos de uma esquina. São uns cinco ou seis miúdos, como dizia o português, e vêm alegres, vêm rindo, vêm cantando, mas não são fidalgos que voltam da caçada, como no célebre soneto: em verdade vêm na maior algazarra e por pouco não me atropelam. Tento atrapalhadamente me lembrar de alguma coisa que revele a minha autoridade, mostrar-lhes que me devem continência. Afinal fui seis anos escoteiro, primeira classe, oito especialidades, monitor da Patrulha do Cão, Guia do Primeiro Grupo, que é que há?

— Sempre alerta! — exclamo com energia, procurando esconder o cigarro.

Eles se detêm, espantados, como se estivessem diante de um maluco. Dirijo-me ao mais próximo:

— De que patrulha você é?

Trata-se de um pirralho de seus dez anos, se tanto, carinha esperta que positivamente não é de quem pratica uma boa ação todos os dias, mas que todos os dias mata um passarinho, prega uma mentira e fala um nome feio. Nenhum deles jamais deve ter ajudado uma velha a atravessar a rua ou tirado uma casca de banana da calçada para poder desfazer o nó na ponta do lenço, símbolo da boa ação cotidiana, como fazíamos no nosso tempo.

— Patrulha? — e ele franze a carinha, prendendo o riso. Não tem dúvida, devo ter cometido alguma impropriedade. No entanto, no nosso tempo...

— Qual é o seu totem? — insisto, sorrindo: "o escoteiro é alegre e sorri nas dificuldades". Hei de vencer. Ele mal sabe com quem está falando.

— Totem? — volta o escoteirinho com mais estranheza ainda, e em pouco não só ele, mas também os companheiros já estão francamente rindo de mim. Olho-o com firmeza, atirando longe o cigarro e perfilando-me: a esta altura já não sou apenas monitor da Patrulha do Cão, mas o Grande Cão, o Tapir de Prata, o próprio Velho Lobo, o Lord Baden Powel, o Chefe Supremo:

— Sim, totem! Você não sabe o que é totem? — Você não pertence a uma patrulha, não é escoteiro?

— Não, sou lobinho... — responde ele, afinal intimidado.

— Lobinho? Pois então, "o melhor possível!"

— "O melhor possível!" — retruca ele com energia, juntando as perninhas.

Fazemos a continência dos lobinhos — dois dedos abertos em V —, dou meia-volta e me afasto. Ele tem razão, os lobinhos não constituem patrulha, mas matilha. Como é que eu, um Seis Estrelas, pude cometer um engano desses? Também comecei como lobinho e só não cheguei a pioneiro porque não podia mais suportar a ideia de ser um homem de quinze anos e ainda de calças curtas. E finalmente chegara a hora de começar a fumar, a beber, a dizer palavrões para enfrentar a vida.

O escotismo não me deixou bem preparado para a vida, Célia Maria. Não sei se estarei com isto ferindo seus ideais juvenis de bandeirante, e se outra resposta mais inspirada não mereceria a sua delicada cartinha. Mas a verdade é que um dia descobri, perplexo, que o mundo adulto não tolerava a minha disposição escoteira de ser alegre e sorrir nas dificuldades, de ser bom para os animais e as plantas, de ter uma só palavra e minha honra valer mais que a própria vida, como ordenava o nosso Código. A honra que me ofereciam não valia mais que a própria vida. A vida não exigia de mim que acendesse uma fogueira apenas com dois paus de fósforos. De nada adiantava eu ter aprendido Morse, se não quisesse pleitear um emprego nos Correios e Telégrafos. Ter sido o melhor sinaleiro em semáfora não trazia para mim o menor proveito, pois eu podia transmitir sinais com os braços à distância mas não sabia interpretar os gestos ao meu redor. De que me serve saber dar nó de escota, volta de fiel, lais de guia, se no mundo em que teria de viver não me dariam corda nem para me enforcar?

Pois acredite, fui escoteiro a sério. Seriedade que minha mãe habilidosamente passou a explorar, convertendo em obediência dentro de casa o que era apenas fidelidade aos mandamentos, e por conta própria acrescentando alguns: um escoteiro não deve responder aos seus pais, um escoteiro come de tudo e não reclama... Para minha mãe (que nunca foi bandeirante), o escotismo começava no berço. Pois muito bem: e agora? Ali estava eu, um garotão mal cabendo dentro do corpo meio desengonçado, sabendo armar uma barraca, sabendo fazer de uma forquilha um cabide, do saco de linhagem um colchão e do lenço um travesseiro, e só me mandavam chorar na cama, que é lugar quente. Na confusão escura dos meus quinze anos, eu me sentia mesmo como um parvo vestido de miúdo: tinha de aprender a responder aos outros com uma banana e ainda largar a casca na calçada para que alguém escorregasse.

A vida é isso mesmo, diziam os mais velhos, sacudindo a cabeça, e admitindo o novo recém-chegado. Você aprendeu a tocar tarol, pois agora vamos ver o instrumento que você apita. Aprendeu a abrir uma trilha no mato, pois agora vá em frente e se vire: o lugar é de quem chegar primeiro. Sabe ler as horas nas estrelas? Pois então, se não quiser ficar a ver estrelas, o melhor é não olhar para o céu. Conhece de cor a rosa dos ventos? Pois tome cuidado, que quem vai ao vento perde o assento.

De nada me serviu — concluo, enquanto me afasto dos meninos, a caminho de casa. Levei seis anos de minha infância com um lenço enrolado no pescoço, flor-de-lis na lapela e pureza no coração, para descobrir que não passava de um candidato à solidão.

Alguma coisa ficou, é verdade: a certeza de que posso a qualquer momento arrumar a minha mochila, encher de água o meu cantil e partir. Afinal de contas aprendi realmente a seguir uma trilha, a estar sempre alerta, a ser sozinho, fui escoteiro — e uma vez escoteiro, sempre escoteiro. Mas o que eu queria hoje, Célia Maria, é não me perder mais pelo caminho, é ficar por aqui mesmo, junto de alguém que iluminasse a minha escuridão.

(A Falta que Ela me Faz)

Com o mundo nas mãos

Bernardo tem cinco anos mas já sabe da existência do Japão. E aponta para o céu com o dedo:

— É atrás daquele teto azul que fica o Japão?

Tenho de explicar-lhe que aquilo é o céu, não é teto nenhum.

— Mas então o céu não é o teto do mundo?

— Não: o céu é o céu. O mundo não tem teto. O azul do céu é o próprio ar. O Japão fica é lá embaixo — e apontei para o chão:— O mundo é redondo feito uma bola. Lá para cima não tem país mais nenhum não, só o céu mesmo, mais nada.

Ele fez uma carinha aborrecida, um gesto de desilusão:

— Então este Brasil é mesmo o fim do mundo. Daqui pra lá não tem mais nada...

Difícil de lhe explicar o que até mesmo a mim parece meio esquisito: o mundo ser redondo, o Japão estar lá em baixo, os japoneses de cabeça pra baixo, como é que não caem? Às vezes, andando na rua e olhando para cima, eu mesmo tenho medo de cair.

Na primeira oportunidade compro e trago para casa um mapa-múndi: um desses globos terrestres modernos, aliás de fabricação japonesa, feitos de matéria plástica e que se enchem de ar, como os balões. O menino não lhe deu muita importância, quando apontei nele o Japão e a Inglaterra, o Brasil, os países todos. Limitou-se a fazê-lo girar doidamente, aos tapas, até que se desprendesse do suporte de metal. Logo se dispôs a sair jogando futebol com ele, não deixei. Consegui convencê-lo a ir destruir outro brinquedo, o secador de cabelo da mãe, por exemplo, que faz um ventinho engraçado — e assim que me vi só, tranquei-me no escritório para apreciar devidamente a minha nova aquisição.

Com o mundo nas mãos, descobri coisas de espantar. Descobri que a Coreia é muito mais lá para cima do que eu imaginava — uma espécie de penduricalho da China, ali mesmo no costado do Japão. O que é que os Estados Unidos tinham de se meter ali, tão longe de casa? O Vietnã nem me fale: uma tripinha de terra ao longo do Laos e do Camboja. Aliás, a confusão de países por ali, eu vou te contar. Tem a Tailândia e tem Burma, dois países de pernas compridas, tem a Malásia, a Indonésia. A Tasmânia não tem. Pelo menos não encontrei. Continua sendo para mim apenas a terra daquele selo enorme que em menino era o melhor da minha coleção. Dou um piparote no mundo e ele gira diante de meus olhos, para que eu descubra o que é mais que tem. Outra confusão é ali nas Arábias, onde o pau anda comendo: Síria, Líbano, Saudi-Arábia, Iêmen, e o diabo de um país cor-de-rosa chamado Hadramault de que nunca ouvi falar. Estou ficando bom em geografia.

Duvido que alguém me diga onde fica Andorra. A última pessoa a quem perguntei me disse que ficava nos limites de Aznavour. Que é o nome de um cantor e não de um lugar. Pois fica é logo aqui, encravada entre a França e a Espanha, um paisinho de nada, vê quem pode. E fez aquele sucesso todo no Festival da Canção. Em compensação a Antártica é muito maior do que eu pensava, ocupa quase todo o Polo Sul. E é bem no centro dela que eu tenho de soprar para encher o mundo.

De repente me vem uma ideia meio paranoide. De tanto apalpar o globo de plástico, ele acabou meio murcho, acho que o ar está escapando. E quando me disponho a enchê-lo de novo, imagino que eu seja um ser imenso solto no espaço, botando a boca no mundo para enchê-lo com meu sopro. O nosso planeta é mesmo uma bolinha perdida no cosmo, e do tamanho desta que tenho nas mãos é que os astronautas devem tê-lo visto da lua: uma linda esfera de manchas coloridas, com seus oceanos cheios de peixes e singrados por navios, as cidades agarradas aos continentes, ruas cheias de carros, casas cheias de gente, o ar riscado de aviões, de gaivotas, e de urubus... Tudo isso pequenino, insignificante, microscópico, os homens se explorando mutuamente, se maltratando, se assassinando para colher um segundo de satisfação ao longo de séculos de História, não mais que alguns minutos em face da eternidade. Que aventura mais temerária, a de Deus, escolhendo caprichosamente este lindo e insignificante planetinha para a ele enviar através dos espaços o seu Filho feito homem, com a missão de redimir a nossa pobre humanidade.

Faço votos que tenha valido a pena e que um dia ela se veja redimida. Até lá, este mundo não passará mesmo de uma bola, como esta que meu filho Bernardo, irrompendo alegremente no escritório, me arrebata das mãos e sai chutando pela casa.

(Deixa o Alfredo Falar!)

As coisas da vida

A menina já com sete anos — mais do que tempo de aprender as coisas da vida. A mãe se preocupando com a inocência dela:

— Quase uma mocinha e até hoje ainda deve acreditar na cegonha.

O pai era mais realista:

— Que é isso, mulher? Nos dias de hoje? Até parece que você está vivendo no século passado.

— Elas têm esse ar muito sabido hoje em dia mas, vai ver, não sabem nada. Ou sabem errado. É preciso ensinar as coisas a ela.

— Para mim, ela é que tem coisas para nos ensinar.

E o pai dava de ombros: não via problema algum.

Mas ela via — e acabou descobrindo um livro que vinha fazendo sucesso entre as amigas com o mesmo problema.

É um livro americano. Foi traduzido com os desenhos do original. Mostra a reprodução das plantas, o pólen que as abelhas transportam. Depois os cachorrinhos fazendo amor, com ilustrações lindas, até chegar no homem, a sementinha que ele põe na mulher. Tudo com a maior delicadeza. Chama-se *De onde vêm os bebês*.

Animada, ela mandou comprar um exemplar. Era realmente como a amiga dissera — desenhos feitos de recortes de papel colorido, uma graça: o galo em cima da galinha, o pintinho dentro do ovo, depois o bebê se formando no útero da mãe.

Até ela própria aprendeu alguma coisa:

— Sempre pensei que o útero e os ovários ficassem colados um no outro.

A menina esticou o pescoço para ver:

— Que livro é esse?

— Pode olhar, minha filha. Foi para você mesma que eu comprei.

— Para quê?

— Para você ler — e estendeu-lhe o livro.

— Não tem quase nada que ler aí...

A filha folheava o livro, intrigada:

— É história de quê?

— De como nascem os bebês. Pode ler tudinho, você vai gostar.

— É história de criança?

— Em certo sentido, sim. É especial para criança da sua idade. Ensina uma porção de coisas.

— Que coisas?

— As coisas da vida.

— As coisas da vida? Quais são?

— Se eu fosse te ensinar, não era preciso o livro. Ele ensina melhor. Agora vai, que sua mãe está ocupada.

A filha se foi, livro debaixo do braço, aprender no quarto as coisas da vida.

O pai acompanhara a conversa, divertido, escondendo o sorriso atrás do jornal.

— Ela te deixou apertada, hein?

— Absolutamente. Nós temos um relacionamento muito bom.

— Ela deve estar pensando que é bebê extraterrestre, ou coisa parecida.

— Esse livro vai fazer muito bem a ela.

— Quero só ver.

— Pois venha ver, então — algum tempo mais tarde a mulher o chamou, excitada: — Venha ver que coisa mais engraçadinha.

Tomou o marido pelo braço, conduziu-o até o quarto das crianças. Pedindo silêncio, mostrou-lhe a filha, sentada na cama, a folhear o livro para o irmãozinho a seu lado. Embora ele não tivesse nem cinco anos, olhava tudo com o maior interesse e acompanhava atentamente as explicações dela a cada gravura:

— Isto aqui é a sementinha brotando.

— Olha o que o galo faz com a galinha.

Os pais se afastaram, deixando que as crianças aprendessem à vontade as coisas da vida.

No dia seguinte era ele quem convocava a mulher:

— Venha ver só.

Mostrou-lhe o livro que a menina largara em cima da mesa do café, antes de ir para o colégio:

— Olha a nossa filhinha, tão inocente.

E exibiu-lhe o livro, página por página. Em cada ilustração a menina havia acrescentado por conta própria, a lápis de cor, caprichosamente desenhados, detalhes anatômicos de fazer corar um frade de pedra, como se dizia antigamente.

Não sendo frade, e muito menos de pedra, ele se limitou a dizer, folheando o livro sob os olhos dela, sem conter o riso ante seu ar escandalizado:

— Não se pode negar que a menina tem talento. Uma artista, a nossa filha, olhe aqui. É o que se chama de criatividade.

Ela recuou, horrorizada:

— Não sei como você ainda tem coragem de rir de uma coisa dessas!

— São as coisas da vida.

No desenho do galo, por exemplo, a menina havia acrescentado o que se poderia chamar apropriadamente de um pinto — um gigantesco pinto. No homem, então, nem se fala. A própria mulher do desenho parecia tão assustada quanto a mãe da artista:

— Onde é que minha filha foi aprender isso!

Outras ilustrações revelaram nos mínimos detalhes que a filha já sabia muito bem de onde vêm os bebês.

— Era o que ela estava ensinando ao irmão — concluiu o pai.

A mulher levou as mãos à cabeça:

— Não diga isso! Não diga que ele viu essa indecência! Onde é que ele está? Meu filho! Filhinho!

E saiu à procura. Foi encontrá-lo no quarto dos fundos, com a filha da empregada, mais nova ainda do que ele, mostrando-lhe, ao vivo, de onde vêm os bebês.

(A Volta por Cima)

editora ática

SUPLEMENTO de leitura

A vitória da infância • Fernando Sabino

Nome ....

Escola ....

.... º ano

Antes de refletir sobre a história que você acabou de ler, vamos conhecer melhor o seu autor e o estilo que o caracteriza?

Quem foi

FERNANDO SABINO

Fernando Sabino nasceu em Belo Horizonte, no dia 12 de outubro de 1923. Desde que entrou na escola, tornou-se um leitor compulsivo: mais de uma vez, chegou em casa com galo na testa, por bater com a cabeça num poste, caminhando com um livro aberto nas mãos.

Aos 13 anos, escreveu seu primeiro trabalho literário, uma história policial publicada na revista *Argus*, da polícia mineira. Em 1938, começa a escrever crônicas, artigos e contos. Seu primeiro livro, *Os grilos não cantam mais*, saiu em 1941. Mário de Andrade lhe escreveu uma carta elogiosa, e os dois passaram a se corresponder.

O mineiro morou em Nova York, Los Angeles e Londres e visitou vários países da América, da Europa e do Extremo Oriente. As viagens lhe renderam crônicas e reportagens para jornais e revistas. Também trabalhou com cinema, dirigindo documentários.

Nos seus escritos, Fernando Sabino explorava o dia a dia com senso de humor, colhendo de fatos cotidianos lições de vida, graça e beleza.

Recebeu diversos prêmios, entre eles o "Machado de Assis", da Academia Brasileira de Letras, em 1999, pelo conjunto da sua obra. Entre seus mais de 40 livros, estão *O homem nu*, *O grande mentecapto* e *O bom ladrão*. Fernando Sabino morreu no Rio de Janeiro, em 11 de outubro de 2004.

VOVÓ VAI VOANDO

Pela voz da tia ao telefone, viu logo que o pior havia acontecido:

— Vovó morreu — concluiu.

Era natural que assim pensasse: com 92 anos, a avó andava doente. Para dizer a verdade, andava nas últimas.

— Vou já para aí — avisou.

Só que era domingo, dia de ficar com o Carlinhos. E o menino, com a energia dos cinco anos, era desses de não deixar por menos:

— De que é que nós vamos brincar agora?

— Vamos no parque de diversões?

— Vamos tomar sorvete?

A avó bem que poderia ter escolhido outro dia para morrer. Lá se ia seu domingo — ele também gostava de sorvete. Avisou ao filho:

— Vamos para a casa da vovó.

Que finalmente havia morrido — foi o que pôde logo confirmar, quando a tia lhe abriu a porta, em lágrimas:

— Está lá no quarto. Acabei de ligar para a Santa Casa.

Além dos problemas que ele teria pela frente — atestado de óbito, aviso nos jornais, velório, enterro — havia o Carlinhos ali firme a seu lado, esperando pelo sorvete.

— Fique aqui um pouquinho, meu filho, que papai tem de ir lá dentro um instante, mas não demora.

Deixou o garoto na sala e seguiu a tia até o quarto da avó. Que jazia na sua cama, magrinha e seca, mergulhada no sono derradeiro, com aquele ar de nunca mais das avós que morrem no domingo.

Mal teve tempo de vê-la e sentiu o garotinho abrindo caminho contra suas pernas para ver também.

— Espere aí, meu filho — procurou contê-lo.

Era tarde.

— Ué, sua avó morreu, é? — o menino exclamou, alvoroçado com a novidade, e embarafustou-se quarto adentro.

— É... — gaguejou o pai: — Ela estava muito doentinha... É isso aí, meu filho: vovó morreu sim, como você está vendo.

Para ver melhor, Carlinhos se aproximou da cama, chegou a cara bem perto do rosto da velha, examinou as mãos cruzadas sobre o peito:

— Você não falou que quando a gente morre vai para o céu? Por que ela ainda não foi?

— Bem, não pode ser assim, ir logo para o céu. Quando papai viaja, por exemplo, não tem que ir primeiro ao aeroporto tomar um avião? Pois é, quem morre vai para o céu mas não vai logo, logo. Ainda fica por aqui um pouquinho.

Satisfeito com a explicação, o menino partiu para outra:

— E o sorvete? Não vamos tomar?

O que o pai tomou foram as providências para o enterro, enquanto o filho, emburrado, o esperava em casa com a empregada. Ao voltar à tarde, exausto, passou ainda pela provação de informar ao garoto que teria de ir ao cemitério, ia deixá-lo de volta com a mãe.

— Cemitério? Não posso ir também? Lá tem sorvete?

— Não posso te levar. Não é lugar de menino.

— É lugar de quê?

— É onde enterram as pessoas que morrem. O enterro da vovó vai ser hoje mesmo.

— Vão enterrar ela no chão?

— Como todo mundo que morre.

— Você não disse que todo mundo que morre vai para o céu?

Ia dizendo "nem todo mundo", mas isso implicava explicações ainda mais difíceis. Preferiu voltar à metáfora do aeroporto:

— Eu disse que quando a gente viaja... Papai não toma o avião...

— Sua avó vai para o céu de avião?

— Não, não é bem isso — respirou fundo, resolvido a liquidar a questão: — Olha, meu filho, eu vou explicar: não se sabe ainda se a vovó vai para o céu. Ela estava muito velha para voar. E para o céu só se pode ir voando, como passarinho. Enquanto não se sabe se ela vai ou não, a gente enterra.

— Até quando?

De repente o pai percebeu a incoerência daquilo, e as falsidades deste mundo, o esforço que ele fazia para preservar a inocência do filho. Até quando? Poderia dizer até apodrecer, desfazer-se, acabar para sempre? Que sentido tem esta vida, se não somos como este menino, se não vamos todos para o céu? A vida e a morte — se existe alma, então ela se salva e o corpo que se dane. Que sentido tinha a morte de uma avó de 92 anos diante da vida de uma criança de cinco? E sua própria vida, um casamento desfeito, um filho que lhe emprestavam aos domingos para que ele representasse o papel de pai, uma tia a chorar a morte da mãe, todos caminhando para o mesmo fim debaixo da terra, nenhum céu que se pudesse alcançar de avião.

— Até quando Deus quiser — respondeu.

Confuso, olhou o filho, pensando o que fazer com ele. Quem sabe o levaria ao cemitério?

— Vamos, Carlinhos.

Saiu com o menino pela mão — os mortos que enterrem os seus mortos! — e foram juntos tomar sorvete.

(A Volta por Cima)

Viramundo e o trem

O trem não parava em Rio Acima naquela época. Mas ainda assim sua existência era um deslumbramento para a molecada. Todos sabiam exatamente a hora que ele passava, e iam postar-se na estrada, no alto dos barrancos, junto à cerca de arame farpado, a esperá-lo, grandioso espetáculo diariamente repetido. Apostavam para saber quem é que iria vê-lo primeiro, colocavam o ouvido no trilho para ouvir o ruído das rodas. Assim que alguém dava o alarme, todos se colocavam em posição e dentro em pouco uma fumacinha apontava longe, rolava no ar um ruído em crescendo e finalmente a locomotiva surgia lá embaixo, na curva da estrada.

— Hoje não apitou na curva! — um deles protestava, sem tirar os olhos da máquina. E o trem passava como um raio, num estrondo de ensurdecer, cobrindo o céu de fumaça, agitando loucamente as plantinhas das margens, fazendo os dormentes estremecerem no cascalho negro da estrada. Mal se podia ver quem ia nas janelinhas dos carros que, vidros brilhando ao sol, se sucediam vertiginosamente. Apesar disso, os que estavam embaixo corriam ao lado do trem, desatinados, enquanto os mais bem situados, em cima dos barrancos, com mais perspectiva, se limitavam a dar adeuses e bananas para os passageiros. Geraldo Viramundo, isolado num canto, ficava só olhando, olhando. Logo o trem ia se afundando na distância, levando consigo o barulho, a fumaça e a alegria dos meninos. Ficava no ar um vazio, que era o trem já ter passado sem que nada acontecesse de diferente, só restando esperar pelo dia seguinte.

O despeito maior de Geraldo Viramundo era o trem de ferro não parar em Rio Acima. Por que será que ele não parava?

— Porque não tem estação — respondeu um de seus irmãos, quando um dia Geraldo propôs a questão ao grupo.

— Não tem estação o quê! — falou outro. — Aquilo lá não é estação?

E apontou para a casinha de um só quarto junto à estrada, onde estava escrito em letras pretas: RIO ACIMA.

— É porque não tem ninguém para tomar o trem.

Mas um terceiro destruiu também esta explicação:

— Não tem ninguém para tomar o trem porque o trem não para.

Ninguém ficou sabendo por que o trem não parava. Geraldo Viramundo calado, sem ouvir, pensando, pensando.

— Eu sei por que o trem não para.

Todos se voltaram para ele.

— Não para porque o maquinista não quer.

Um "oh!" prolongado exprimiu o desapontamento geral. Geraldo Viramundo acrescentou, como se falasse para si mesmo:

— Mas se eu quiser, ele para.

Viu-se logo cercado de carinhas curiosas ou céticas. Ninguém sabia que misteriosa conexão poderia haver entre ele e o maquinista. Desafiavam:

— Deixa de conversa...

— Para nada...

— Nem se você deitar na linha ele para.

Alguém se lembrou de um boi que tinha sido esquartejado pela locomotiva ali mesmo, na curva — o que provava de maneira definitiva a impossibilidade de fazer o trem parar.

— Pois vocês vão ver...

Ficou tudo combinado, as apostas foram feitas. No dia seguinte, muito antes da hora em que o trem costumava passar, eles já tinham ido para junto da linha. Eram ao todo quinze: Dino, Zezico, Toninho, Vivi, Jacaré, Celito, Naná, João Mãozinha, João Piçudo e João Molenga, Pingolinha, Bertoldo e Nazaré — estes dois últimos irmãos de Geraldo — e duas meninas, a Cremilda, filha da professora e amada de todos eles, e a pretinha Salomé. A notícia da aposta com Geraldo Viramundo tinha se espalhado depressa, pois ele punha em jogo a sua afamada coleção de bolinhas de gude. Apostavam contra ela, respectivamente: um bodoque, um canivetinho com saca-rolha, uma fivela de cinto, outro bodoque, cinco botões de madrepérola, uma manga-espada, um estojo com lápis e borracha, outro bodoque, três bombinhas de São João e uma tira de espanta-coió, um vidro cheio de vaga-lumes, um pacotinho de pastilhas de hortelã-pimenta, um pião com a fieira, um canudo de lata, um beijo na boca e uma bexiga de boi — de acordo com as posses de cada um.

Geraldo Viramundo chegou com os bolsos cheios de bolinhas de vidro (nunca perdeu de ninguém na birosca), passou por baixo da cerca de arame farpado e subiu o barranco onde os outros já esperavam. De propósito tinha deixado que eles viessem antes, para dar mais importância ao acontecimento.

— Que é que você vai fazer? — alguns perguntaram.

Não se dignou de responder. Exigiu, antes, que enfileirassem na pedra grande do barranco tudo que eles apostavam. Menos a Cremilda, que perderia um beijo, segundo Geraldo tinha estipulado, porque senão não haveria nada.

— E você? — Cremilda quis saber. — Que é que você perde?

— Perco minhas bolas, já não falei? Dá mais de dez para cada um.

— Quero lá saber de bola de gude? — desafiou a menina, mãozinhas na cintura.

Geraldo riu:

— Então perco um beijo também, pronto.

E deu-lhe as costas, foi examinar um por um, com atenção, os objetos enfileirados em cima da pedra. Deteve-se num bodoque malfeito, de forquilha grande e torta.

— Isso é bodoque mais aonde! Não quero não.

João Molenga fez logo cara de choro.

— Tá bem, seu fresco, eu aceito: não é preciso chorar não.

Naná, o mais velho de todos, se adiantou:

— Não chama ele de fresco não, que ele é meu irmão.

— Merda pra você e pra ele.

A importância de Geraldo atingiu o auge naquele momento. Ninguém nunca tinha mandado Naná à merda sem ir também logo em seguida, e depois de apanhar na cara. Era o que provavelmente aconteceria, se alguém não tivesse gritado:

— Tá na hora! Evém o trem!

Ao longe apontava a primeira fumacinha, já conhecida. Viramundo desceu o barranco aos pulos, enquanto a molecada se ajeitava lá em cima. Escorregou para o leito da estrada, ouviu no ar o ruído da locomotiva cada vez mais forte. Ela já surgia lá longe, na curva, apenas uma mancha negra aumentando, aumentando. Geraldo Viramundo saltou sobre os trilhos, pulou dois dormentes e se postou sobre o terceiro, firme, pernas separadas, bracinhos erguidos. Os meninos lá em cima gritavam de horror, alguns fugiram, outros esconderam a cara.

— Sai, Geraldo! Sai! — berrou apavorado o Bertoldo, seu irmão.

A máquina, ameaçadoramente visível e crescendo como um demônio, apitou pela primeira vez. Depois apitou outra, mais outra — Geraldo Viramundo olhou para ela pela última vez e fechou os olhos, sentindo o dormente vibrar sob seus pés. O apito agora era continuado, as rodas rangiam nos trilhos, o barulho perdia o ritmo numa desordem de silvos e entrechoques de ferros. Geraldo, braços ainda erguidos, lembrou-se de prometer vinte ave-marias e vinte padre-nossos se o trem parasse — não se ele não morresse, mas se o trem parasse — e foi a última coisa de que se lembrou. Os freios rinchavam doidamente, a máquina esguichava fumaça e vapor por todos os lados, perdendo velocidade, já se podia distinguir o braço do maquinista do lado de fora em frenéticos sinais. Embora quase devagar, a locomotiva, a resfolegar como um touro enfurecido, já estava tremendamente perto quando se deteve, num arranque último e mais forte, que fez se chocarem com violência os carros uns nos outros do primeiro ao último.

No alto do barranco os meninos naquela sarabanda de emoção espiavam, pálidos, boquiabertos, desfigurados — os poucos que tiveram coragem de olhar. Geraldo Viramundo abriu devagarinho os olhos e viu de perto, a menos de dez metros, aquela máquina preta e enorme, avassaladora, a muralha de ferro do limpa-trilhos, o vidro do farol brilhando como o olho de Deus, aquele arfar incessante do monstro derrotado. Sentiu subir dentro de si uma onda de entusiasmo, agitou loucamente os braços, pulando sobre o dormente:

— Ele parou! Ele parou, pessoal! Ele parou!

O maquinista, no seu macacão riscadinho e sujo de carvão, descia com dificuldade a escadinha, seguido do foguista, enquanto das janelas dos carros cabeças assustadas e curiosas assomavam, no meio de um perguntar incessante: que aconteceu? que aconteceu?

— Menino filho da puta, eu te ensino! — gritava o maquinista, ganhando o chão, mas ninguém ouviu, tamanho era o ruído da caldeira, esguichando vapor e água fervente na estrada. Geraldo Viramundo saiu pulando de dormente em dormente e parou mais adiante, enquanto o maquinista tentava alcançá-lo, gemendo de dor, pois levara uma esguichada de vapor nas canelas.

— Parou, pessoal! Eu não disse que parava? Parou!

Já não podia mais de alegria. Dançava sobre o carvão miúdo da estrada, como um doido. Depois ganhou o barranco com um salto, no justo momento em que o maquinista ia alcançá-lo. Quase foi apanhado pela perna, mas nem viu seu perseguidor. Corria agora ao longo do barranco, se aproximando dos companheiros. Num último olhar de orgulho para a máquina lá embaixo, se deteve bem no alto e bateu no peito:

— Eu! Eu fiz o trem parar!

Retirou do bolso as mãos cheias de bolinhas de vidro de todas as cores, jogou-as para cima:

— Toma, negrada! Não quero aposta nem nada! Quantas bolas quiserem! Todas, todas! Parou, vocês viram? Eu disse que parava!

E mediu com o olhar o tamanho do comboio, como se avaliasse a extensão de sua façanha. A seus pés, o maquinista tentava subir o barranco, enlouquecido de raiva, vermelho, suado, aos palavrões. O chefe do trem se aproximava:

— Que foi? Que aconteceu? Por que você parou?

— Foi essa peste de menino que ficou na linha.

Alguns passageiros tinham descido dos carros para vir espiar. Geraldo Viramundo desbarrancou com o pé descalço um pouco de terra sobre a cabeça do maquinista. Os meninos já fugiam pelo pasto, com medo do chefe do trem. Na pedra grande não tinha ficado um só objeto. Ninguém pensou na hora em recolher as bolinhas, todos pensaram em voltar para buscá-las depois. Geraldo Viramundo nem olhou o que se passava na estrada: ignorou o chefe do trem e o foguista que já subiam o barranco, para apanhá-lo, cada um de um lado, e enfiou-se pela cerca de arame farpado, ganhou também o pasto. Na fuga, passou pelo Pingolinha, que corria com dificuldade com suas perninhas tortas.

— Corre, Pingolinha! — gritou alegremente.

Do outro lado do pasto, junto do campo de futebol, avistou Cremilda no seu vestidinho curto, encostada numa árvore, olhando para todos os lados, pálida, ofegante, transfigurada de medo.

— Cremilda!

Acercou-se dela correndo, segurou-lhe o rosto com as duas mãos:

— Cremilda, eu quero o meu beijo.

A menina só teve tempo de encará-lo com olhos enormes. Ele beijou-a com tanto ímpeto que os dois rolaram no capim, abraçados.

— Mais, Cremilda, mais!

E tornava a beijá-la, às gargalhadas. Cremilda chorava.

Mais tarde, a caminho de casa, Geraldo Viramundo se lembrou dos dois irmãos que já deviam ter chegado, e era provável que contassem tudo para os pais. Estremeceu de medo, achou que talvez fosse melhor chegar de noitinha, e persignou-se. Então se lembrou da promessa de vinte ave-marias e vinte padre-nossos. Resolveu rezar cinquenta, caso desta vez não apanhasse.

Rezou vinte.

(O Grande Mentecapto)

Galinha ao molho pardo

Ao chegar da escola, dei com a novidade: uma galinha no quintal.

O quintal de nossa casa era grande, mas não tinha galinheiro, como quase toda casa de Belo Horizonte naquele tempo. Tinha era uma porção de árvores: um pé de manga sapatinho, outro de manga coração-de-boi, um pé de gabiroba, um de goiaba branca, outro de goiaba vermelha, um pé de abacate e até um pé de fruta-de-conde. No fundo, junto do muro, um bambuzal. De um lado, o barracão com o quarto da Alzira cozinheira e um quartinho de despejo. Do outro lado, uma caixa de madeira grande como um grande canteiro, cheia de areia que papai botou lá para nós brincarmos. Eu brincava de fazer túnel, de guerra com soldadinhos de chumbo, trincheira e tudo. Deixei de brincar ali quando começaram a aparecer na areia uns montinhos fedorentos de cocô de gato. Os gatos quase nunca apareciam, a não ser de noite, quando a gente estava dormindo. De dia se escondiam pelos telhados. Tinham medo de Hindemburgo, que era mesmo de meter medo, um pastor-alemão deste tamanhão. Não sabiam que Hindemburgo é que tinha medo deles. Cachorro com medo de gato: coisa que nunca se viu. Quando via um gato, Hindemburgo metia o rabo entre as pernas e fugia correndo.

Pois foi no quintal que eu vi a galinha, toda folgada, ciscando na caixa de areia. Havia sido comprada por minha mãe para o almoço de domingo: Dr. Junqueira ia almoçar em casa e ela resolveu fazer galinha ao molho pardo.

Eu já tinha visto a Alzira matar galinha, uma coisa horrível. Agarrava a coitada pelo pescoço, agachava, apertava o corpo dela entre os joelhos, torcia com a mão esquerda a cabecinha assim para um lado, e com a direita, zapt! passava o facão afiado, abrindo um talho no gogó. O sangue esguichava longe. Ela aparava logo o esguicho com uma bacia, deixando que escorresse ali dentro até acabar. E a bichinha ainda viva, estrebuchando nas mãos da malvada.

Como se fosse a coisa mais natural deste mundo, a Alzira me contou o que ia acontecer com a nova galinha.

Revoltado, resolvi salvá-la.

Eu sabia que o Dr. Junqueira era importante, meu pai dependia dele para uns negócios. Pois no que dependesse de mim, no domingo ele ia poder comer de tudo, menos galinha ao molho pardo.

Era uma galinha branca e gorda, que não me deu muito trabalho para pegar. Foi só correr atrás dela um pouco, ficou logo cansada. Agachou-se no canto do muro, me olhou de lado como as galinhas olham e se deixou apanhar.

Não sei se percebeu que eu não ia lhe fazer mal. Pelo contrário, eu pretendia salvar sua vida. O certo é que em poucos minutos ficou minha amiga, não fugiu mais de mim.

— O seu nome é Fernanda — falei então. E joguei um pouquinho de água na cabecinha dela: — Eu te batizo em nome do Pai, do Filho e do Espírito Santo, amém.

Assim que escureceu, ela se empoleirou muito fagueira num galho da goiabeira, enfiou a cabeça debaixo da asa e dormiu. Então eu entendi por que dizem que quem vai para a cama cedo dorme com as galinhas.

No dia seguinte era sábado, não tinha aula. Passei o tempo inteiro brincando com ela. Levei horas lhe ensinando a responder sim e não com a cabeça:

— Você sabe o que eles estão querendo fazer com você, Fernanda?

Ela mexia a cabecinha para os lados, dizendo que não.

— Pois nem queira saber. Cuidado com a Alzira, aquela magrela de pernas compridas. É a nossa cozinheira. Ruim que só ela. Não deixa a Alzira nem chegar perto de você.

Ela mexia com a cabecinha para cima e para baixo, dizendo que sim.

— Estão querendo matar você para comer. Com molho pardo.

Os olhinhos dela piscaram de susto. O corpo estremeceu e ali mesmo, na hora, ela botou um ovo. De puro medo.

— Mas eu não vou deixar — procurei tranquilizá-la, apanhando o ovo com cuidado, para enterrar na areia depois e ver se nascia pinto.

E acrescentei:

— Hoje não precisa de ter medo, que o perigo todo vai ser amanhã.

Eu sabia que para fazer galinha ao molho pardo tinham de matar quase na hora, por causa do sangue, que era aproveitado para preparar o molho.

— Vou esconder você num lugar que ninguém é capaz de descobrir.

Junto do tanque de lavar roupa costumava ficar uma bacia grande de enxaguar. A Maria lavadeira só ia voltar na segunda-feira. Antes disso ninguém ia mexer naquela bacia. Assim que escureceu, escondi a Fernanda debaixo dela. Fiquei com pena de deixar a coitada ali sozinha:

— Você se importa de ficar aí debaixo até passar o perigo?

Ela fez com a cabeça que não.

— Então fica bem quietinha e não canta nem cacareja nem nada. Principalmente se ouvir alguém andando aqui fora.

Ela fez com a cabeça que sim.

— Amanhã, assim que puder eu volto. Dorme bem, Fernanda.

Naquela noite, para que ninguém desconfiasse, jantei mais cedo e fui dormir com as galinhas.

Na manhã de domingo me levantei bem cedo e fui dar uma espiada na Fernanda. Encontrei a pobrezinha mais morta do que viva debaixo da bacia. Mais um pouco e nem ia ser preciso a Alzira usar o facão. Não sei se por falta de ar, por causa da fome, da sede ou de tudo isto junto: ela estava deitada de bico aberto e os olhos meio fechados de quem já desistiu de viver.

Água era fácil, eu trouxe um pouco numa tigelinha, despejei pelo bico adentro e ela se reanimou.

Mas como arranjar comida sem chamar a atenção de ninguém? Ainda não tinham notado a falta da galinha, nem mesmo pensado em trazer alguma coisa para ela comer. Que diferença fazia? Se ia ser comida naquele dia mesmo?

O jeito foi furtar um pouco do milho do Godofredo, que no seu poleiro, correntinha presa no pé, acompanhava tudo com ar intrigado. A galinha come milho e o papagaio leva a fama! — ele parecia dizer. No que tirei o milho, disparou a berrar:

— Socorro! Socorro! Pega ladrão!

O diabo do papagaio não gostava de mim, eu sabia. Era do Toninho, meu irmão, a quem dava o pé, todo lampeiro, e ainda abaixava a cabecinha para um cafuné. Ai de mim, se quisesse fazer o mesmo: me pespegava uma bicada na mão.

— Cala a boca, Godofredo.

— Cala a boca já morreu! Quem manda aqui sou eu!

Joguei na cara dele o resto da água da tigelinha:

— Toma, seu desgraçado, para você aprender.

— Socorro! Socorro! Pega ladrão! — berrava ele, batendo as asas.

Tamanho foi o escarcéu que o Godofredo aprontou, que acabou caindo do poleiro e ficou dependurado pelo pé. Foi o tempo de esconder a Fernanda debaixo da bacia e me escafeder correndo pelo porão adentro. A Alzira já batia os chinelos escada abaixo com suas pernas compridas, faca na mão, à procura da galinha. Ao ouvir aquele berreiro, veio ver o que estava acontecendo:

— Que é que esse bicho tem? Não fala nada que preste e de repente destampa essa gritaria toda!

O papagaio tentava com muito esforço voltar ao poleiro, subindo com a ajuda do bico pela própria correntinha e se balançando de um lado para outro. Olhava com raiva para a cozinheira, como a dizer: essa miserável nem para me dar uma mãozinha. Ela também não achava lá muita graça no Godofredo. Dizia que ele não servia para nada, só sabia sujar de titica o chão todo debaixo do poleiro, e ela é que tinha de limpar.

— Que é que você quer, coisa ruim? Quem é que é ladrão?

O bicho tinha conseguido com muita dificuldade empoleirar-se de novo, depois de despencar algumas vezes.

Ofegante, entortou a cabecinha e encarou a cozinheira:

— Sua galinha! Sua galinha!

O Godofredo já havia xingado a Alzira de nomes feios, de modo que ela achou desaforo ser chamada de galinha. E respondeu no mesmo tom, brandindo o facão para o papagaio:

— Galinha é você! Galinha verde!

Lá no fundo escuro do porão, onde tinha ido me esconder, via a Alzira olhar ao redor:

— Por falar nisso, onde é que se meteu a galinha?

Apavorado, ouvi o Godofredo gritar, com sua voz de currupaco-papaco:

— Na bacia! Na bacia!

Além do mais, era delator, o miserável. Dedo-duro, traidor, entregava ao carrasco o seu próprio semelhante (ou quase). Antes que fosse tarde, saí do meu esconderijo lá no porão, como quem não quer nada, vim me sentar na própria bacia.

— Uai, que é que você estava fazendo ali escondido, Fernando?

— Nada não...

A cozinheira me olhava com ar de suspeita:

— Boa coisa é que não há de ser. Alguma esse menino anda arrumando, com esse ar de cachorro que quebrou a panela.

— Na bacia! Na bacia! — o Godofredo berrava.

— Cala essa boca, seu filhote de urubu! — gritei.

— Na bacia! Na bacia! — ele continuava.

— Que é que esse tagarela está falando? — perguntou a Alzira.

— Está te chamando de nabacinha.

— Nabacinha? Que quer dizer isso?

— Quer dizer vagabunda — respondi, a cara mais séria deste mundo.

A Alzira arregalou os olhos, ergueu no ar o facão:

— Vagabunda? Está me chamando de vagabunda? Nabacinho é você, seu bicho ordinário! Não sei onde estou que não te corto o pescoço, asso no espeto e como, ouviu? E ainda chupo os ossinhos um por um!

Ela correu de novo os olhos em torno:

— Por falar em comer: quede a galinha? Já está na hora de fazer o almoço. Onde é que ela se meteu?

— Não sei...

— Você não estava brincando com ela ontem, menino?

— Isso foi ontem. Hoje eu não vi ela ainda.

— Será que fugiu? Ou alguém roubou?

E ela olhou para o papagaio, cismada agora com o silêncio dele:

— Vai ver que é por isso que esse nabacinho de uma figa estava gritando pega ladrão. Algum ladrão de galinha.

Agarrei a ideia no ar, era a salvação:

— Isso mesmo! Quando eu estava ali no quintal vi um homem passar correndo... Levava uma coisa escondida embaixo do paletó. Só podia ser a galinha.

A Alzira não parecia acreditar muito na história. Pelo contrário, ficou mais desconfiada. E naquele exato momento a Fernanda resolve se mexer debaixo da bacia, fazendo um barulhinho na lata com o bico e com os pés. Continuei sentado e, para disfarçar, começei a bater com os dedos na bacia como se tocasse tambor. A galinha deve ter entendido, pois logo ficou quieta. Mas a Alzira continuava com ar de desconfiança:

— Esse menino está com um jeito muito velhaco. Sei não... Alguma ele andou fazendo.

E saiu pelo quintal, à procura da galinha, olhando aqui e ali: nos galhos das árvores, atrás do barracão, no meio dos bambus. Depois foi contar para mamãe que a galinha havia sumido.

Fui atrás, para o que desse e viesse. Escutei tudo. Mamãe torcia as mãos:

— E agora, como vai ser? Como é que ela foi sumir assim, sem mais nem menos?

— Sei lá — respondeu a Alzira: — Não acredito que tenham roubado, como diz o Fernando. Vai ver que saiu voando e pulou o muro. Bem que eu pensei em cortar as asas dela e me esqueci. Agora é tarde.

E a cozinheira me apontou:

— Para mim, a gente anda precisando de cortar as asas é desse menino.

— Está quase na hora do almoço — disse minha mãe: — O Dr. Junqueira está para chegar de uma hora para outra, e como é que a gente vai fazer sem a galinha? O Domingos vai ficar aborrecido.

Dali a pouco era o meu pai quem chegava da rua, trazendo o jornal de domingo debaixo do braço. Quando mamãe lhe deu a triste notícia, para surpresa minha e dela, ele não se aborreceu:

— Faz outra coisa. Macarrão, por exemplo. O Dr. Junqueira é bem capaz de gostar de macarrão.

E foi ler o jornal na varanda.

Filho de italiano, quem gostava de macarrão era ele. E da macarronada que a Alzira fazia todo mundo gostava.

Pois o Dr. Junqueira não só gostou, como repetiu duas vezes, para grande satisfação de mamãe. Papai abriu uma garrafa de vinho daquelas de cestinha de palha, e os dois a esvaziaram, depois de dar um pouquinho para mim e meus irmãos, com água e açúcar. Guardanapo enfiado no colarinho, o Dr. Junqueira limpou os bigodes, satisfeito:

— Ainda bem que era essa macarronada tão boa. Eu estava com medo que fosse galinha. Se tem uma coisa que eu detesto é galinha. Principalmente ao molho pardo.

Nem por isso senti que minha amiga Fernanda não estava mais condenada à morte. Mesmo porque meu pai gostava também de galinha, com ou sem o Dr. Junqueira. Por outro lado, ela não podia ficar escondida o resto da vida (eu não tinha a menor ideia de quanto tempo vivia uma galinha). E na manhã seguinte a

Maria viria lavar roupa, ia descobrir a Fernanda encolhida debaixo da bacia.

Depois que o almoço terminou e o Dr. Junqueira se despediu, fui lá perto do tanque fazer uma visitinha a ela, resolvido a ganhar tempo:

— Você hoje ainda vai dormir aí, mas amanhã eu te solto, está bem?

Ela fez que sim com a cabeça. Deixei água na tigelinha e mais um pouco de milho furtado de novo do Godofredo. Antes que o diabo do papagaio pusesse a boca no mundo eu avisei:

— Se você falar alguma coisa, mando a Alzira fazer papagaio ao molho pardo para o jantar.

Ele fez cara de quem comeu e não gostou, mas ficou calado, vai ver que pensando um jeito de se vingar.

De manhãzinha, antes que a Maria lavadeira chegasse, fui até lá, levantei a bacia e peguei a Fernanda, procurei mamãe com ela debaixo do braço:

— Olha só quem está aqui.

Mamãe se espantou:

— Uai, ela não tinha sumido? Onde é que você encontrou essa galinha, Fernando?

De repente seus olhos se apertaram num jeito muito dela, quando entendia as coisas: havia entendido tudo. Antes que me passasse um pito, eu avisei:

— Se tiverem de matar a minha amiga, me matem primeiro.

Mamãe achou graça quando soube que ela se chamava Fernanda e resolveu não se importar com o que eu tinha feito, pelo contrário: deixou que a galinha passasse a ser um de meus brinquedos. Só proibiu que eu a levasse para dentro de casa. Fernanda me seguia os passos por toda parte, como um cachorrinho.

E ela continuou minha amiga, até morrer de velha, não sei quanto tempo mais tarde.

Só sei que alguns dias depois do almoço do Dr. Junqueira, mamãe comprou um frango.

— Esse vai se chamar Alberto — eu disse logo.

— Pois sim — disse minha mãe, e mandou que a Alzira tomasse conta do frango.

No dia seguinte mesmo, no almoço, comemos o Alberto. Ao molho pardo.

(O Menino no Espelho)

Crianças

Sempre achei que todo homem feito devia ter como objetivo na vida o de voltar a ser menino. Se conseguissem ressuscitar a criança que deixaram morrer dentro de si, os adultos se entenderiam muito melhor, haveria mais paz e alegria neste mundo. Cheguei a pensar com meu amigo Elói Heraldo Lima em fundar uma associação. Assim como existem associações de ex-combatentes, por exemplo, haveria várias associações municipais e estaduais de ex-meninos, uma nacional e uma internacional, com representantes na Unesco e na ONU. A finalidade seria a de exercer todas aquelas importantíssimas funções a que os meninos costumam se dedicar: brincar, trocar figurinhas, empinar papagaios, jogar bola de gude e pião.

Jesus revelou que perfilharia esta ideia, ao afirmar que o maior no reino do céu seria aquele que se tornasse um menino. Quando lhe trouxeram algumas crianças para que ele as abençoasse e rezasse por elas, os discípulos quiseram afastá-las a fim de não incomodar, mas ele protestou:

— Não façam isso! Deixem que as crianças venham a mim!

Acrescentou categórico:

— Na verdade lhes digo, o reino de Deus pertence a elas.

E as abençoou, abraçando uma por uma. Eram crianças pobres, certamente — meninos de rua, segundo meu amigo Alyrio Cavallieri, ex-juiz de menores e que entende do assunto.

Depois se viu possuído pelo Espírito Santo, sentindo-se alegre como uma criança:

— Pai, senhor do céu e da terra, eu lhe dou graças porque essas coisas não foram reveladas aos sábios e inteligentes, mas aos que são como crianças. Sim, Pai, assim foi porque era do seu agrado. Todas as coisas me foram entregues por meu Pai. Ninguém sabe quem é o Filho, senão o Pai, nem quem é o Pai, senão o Filho e aquele a quem o Filho quiser revelar.

E desta vez lhes falou com uma doçura infantil:

— Venham a mim todos vocês que estão cansados de carregar cargas tão pesadas, eu lhes darei descanso. Sigam-me e aprendam comigo, porque sou manso e de coração humilde, comigo sua alma encontrará repouso. Obedecer a mim é fácil, a carga é leve.

Certo de que se aproximava o dia de ser arrebatado deste mundo, Jesus resolveu seguir para Jerusalém, durante a Festa dos Tabernáculos que se realizaria.

Em vez de ir para Jerusalém, foi ficando por ali mesmo, como se houvesse desistido. Desde a morte de João Batista se limitava a percorrer a Galileia, sem se aventurar pela Judeia, porque sabia que os judeus queriam tirar-lhe a vida — e, como costumava dizer, ainda não chegara a sua hora.

Os irmãos de Jesus lhe faziam apelos para que mudasse de ideia:

— Vá para Judeia! Seus seguidores têm de ficar sabendo o que você faz. Quem quer ser conhecido pelo que faz não se esconde, faz tudo publicamente, deixa que o resto do mundo saiba.

— Ainda não chegou a minha hora. Mas para vocês qualquer hora serve, não é isso mesmo? O mundo não odeia vocês, mas a mim, que denuncio o mal que se pratica. Pois então por que não vão vocês à Festa? Eu não vou porque não chegou a minha hora.

E se deixou ficar pela Galileia até que seus irmãos partissem — eles próprios acabaram indo: devem ter gostado da ideia.

Então ele também resolveu ir — outro comportamento típico da sua insólita maneira de proceder: partiu escondido, para que ninguém soubesse.

Como se fosse possível! Coisa de criança.

A criança que ele trazia dentro de si.

(Com a Graça de Deus)

A ÚLTIMA CRÔNICA

A caminho de casa, entro num botequim da Gávea para tomar um café junto ao balcão. Na realidade estou adiando o momento de escrever. A perspectiva me assusta. Gostaria de estar inspirado, de coroar com êxito mais um ano nesta busca do pitoresco ou do irrisório no cotidiano de cada um. Eu pretendia apenas recolher da vida diária algo de seu disperso conteúdo humano, fruto da convivência, que a faz mais digna de ser vivida. Visava ao circunstancial, ao episódio. Nesta perseguição do acidental, quer num flagrante de esquina, quer nas palavras de uma criança ou num incidente doméstico, torno-me simples espectador e perco a noção do essencial. Sem mais nada para contar, curvo a cabeça e tomo o meu café, enquanto o verso do poeta se repete na lembrança: "Assim eu quereria o meu último poema". Não sou poeta e estou sem assunto. Lanço então um último olhar fora de mim, onde vivem os assuntos que merecem uma crônica.

Ao fundo do botequim um casal de negros acaba de sentar-se, numa das últimas mesas de mármore ao longo da parede de espelhos. A compostura da humildade, na contenção de gestos e palavras, deixa-se acentuar pela presença de uma negrinha de seus três anos, laço na cabeça, toda arrumadinha no vestido pobre, que se instalou também à mesa: mal ousa balançar as perninhas curtas ou correr os olhos grandes de curiosidade ao redor. Três seres esquivos que compõem em torno à mesa a instituição tradicional da família, célula da sociedade. Vejo, porém, que se preparam para algo mais que matar a fome.

Passo a observá-los. O pai, depois de contar o dinheiro que discretamente retirou do bolso, aborda o garçom, inclinando-se para trás na cadeira, e aponta no balcão um pedaço de bolo sob a redoma. A mãe limita-se a ficar olhando imóvel, vagamente ansiosa, como se aguardasse a aprovação do garçom. Este ouve, concentrado, o pedido do homem e depois se afasta para atendê-lo. A mulher suspira, olhando para os lados, a reassegurar-se da naturalidade de sua presença ali. A meu lado o garçom encaminha a ordem do freguês. O homem atrás do balcão apanha a porção do bolo com a mão, larga-o no pratinho — um bolo simples, amarelo-escuro, apenas uma pequena fatia triangular.

A negrinha, contida na sua expectativa, olha a garrafa de coca-cola e o pratinho que o garçom deixou à sua frente. Por que não começa a comer? Vejo que os três, pai, mãe e filha, obedecem em torno à mesa um discreto ritual. A mãe remexe na bolsa de plástico preto e brilhante, retira qualquer coisa. O pai se mune de uma caixa de fósforos, e espera. A filha aguarda também, atenta como um animalzinho. Ninguém mais os observa além de mim.

São três velinhas brancas, minúsculas, que a mãe espeta caprichosamente na fatia do bolo. E enquanto ela serve a coca-cola, o pai risca o fósforo e acende as velas. Como a um gesto ensaiado, a menininha repousa o queixo no mármore e sopra com força, apagando as chamas. Imediatamente põe-se a bater palmas, muito compenetrada, cantando num balbucio, a que os pais se juntam, discretos: "Parabéns pra você, parabéns pra você..." Depois a mãe recolhe as velas, torna a guardá-las na bolsa. A negrinha agarra finalmente o bolo com as duas mãos sôfregas e põe-se a comê-lo. A mulher está olhando para ela com ternura — ajeita-lhe a fitinha no cabelo crespo, limpa o farelo de bolo que lhe cai ao colo. O pai corre os olhos pelo botequim, satisfeito, como a se convencer intimamente do sucesso da celebração. De súbito, dá comigo a observá-lo, nossos olhos se encontram, ele se perturba, constrangido — vacila, ameaça abaixar a cabeça, mas acaba sustentando o olhar e enfim se abre num sorriso.

Assim eu quereria a minha última crônica: que fosse pura como esse sorriso.

(A Companheira de Viagem)

OBRAS DO AUTOR

Editora Ática

A vitória da infância, crônicas e histórias – *Martini seco*, novela – *O bom ladrão*, novela – *Os restos mortais*, novela – *A nudez da verdade*, novela – *O outro gume da faca*, novela – *Um corpo de mulher*, novela – *O homem feito*, novela – *Amor de Capitu*, recriação literária – *Cara ou coroa?*, seleção infantojuvenil – *Duas novelas de amor*, novelas – *O evangelho das crianças*, leitura dos evangelhos.

Editora Record

Os grilos não cantam mais, contos – *A marca*, novela – *A cidade vazia*, crônicas de Nova York – *A vida real*, novelas – *Lugares-comuns*, dicionário – *O encontro marcado*, romance – *O homem nu*, contos e crônicas – *A mulher do vizinho*, crônicas – *A companheira de viagem*, contos e crônicas – *A inglesa deslumbrada*, crônicas – *Gente*, crônicas e reminiscências – *Deixa o Alfredo falar!*, crônicas e histórias – *O encontro das águas*, crônica sobre Manaus – *O grande mentecapto*, romance – *A falta que ela me faz*, contos e crônicas – *O menino no espelho*, romance – *O gato sou eu*, contos e crônicas – *O tabuleiro de damas*, esboço de autobiografia – *De cabeça para baixo*, relatos de viagem – *A volta por cima*, crônicas e histórias – *Zélia, uma paixão*, romance-biografia – *Aqui estamos todos nus*, novelas – *A faca de dois gumes*, novelas – *Os melhores contos*, seleção – *As melhores histórias*, seleção – *As melhores crônicas*, seleção – *Com a graça de Deus*, "leitura fiel do evangelho segundo o humor de Jesus" – *Macacos me mordam*, conto em edição infantil, ilustrações de Apon – *A chave do enigma*, crônicas, histórias e casos mineiros – *No fim dá certo*, crônicas e histórias – *O galo músico*, contos e novelas – *Cartas perto do coração*, correspondência com Clarice Lispector – *Livro aberto*, "páginas soltas ao longo do tempo" – *Cartas na mesa*, "aos três parceiros, amigos para sempre, Hélio Pellegrino, Otto Lara Resende, Paulo Mendes Campos" – *Cartas a um jovem escritor e suas respostas*, correspondência com Mário de Andrade – *Os movimentos simulados*, romance.

Editora Berlendis & Vertecchia
O pintor que pintou o sete, história infantil inspirada nos quadros de Carlos Scliar.

Editora Rocco
Uma ameaça de morte, conto policial juvenil – *Os caçadores de mentira*, história infantil.

Editora Ediouro
Maneco mau e os elefantes, história infantil – *Bolofofos e finifinos*, novela infantojuvenil.

Editora Nova Aguilar
Obra reunida.

Você gostou da história que acabou de ler? Conheça outros livros da coleção Fernando Sabino: